U0639913

贵州出版集团有限公司出版专项资金资助项目

编 委 会

主 任　欧阳黔森

主 编　彭学明

策 划　孟豫筑

特约策划　杨庆武　谢亚鹏

项目执行　王丽璇　向朝莉

春风化雨

饶俊 编著

多彩民族文学书系

彭学明 主编

贵州出版集团
贵州民族出版社

图书在版编目 (CIP) 数据

春风化雨 / 饶俊编著 . -- 贵阳 : 贵州民族出版社，
2025.4. -- （多彩民族文学书系 / 彭学明主编）.
ISBN 978-7-5412-2835-3

Ⅰ . I235.2
中国国家版本馆 CIP 数据核字第 202563NW39 号

DUOCAI MINZU WENXUE SHUXI

CHUNFENG-HUAYU

多彩民族文学书系

春风化雨

编 著 者：饶 俊
主 编：彭学明

出版发行：贵州民族出版社
地 址：贵阳市观山湖区会展东路贵州出版集团大楼
邮 编：550081
印 刷：贵阳精彩数字印刷有限公司
版 次：2025 年 4 月第 1 版
印 次：2025 年 4 月第 1 次印刷
开 本：880 mm × 1230 mm 1/32
字 数：200 千字
印 张：10
书 号：ISBN 978-7-5412-2835-3
定 价：68.00 元

目　录

脚踩坚实的大地

——写在习近平总书记文艺工作座谈会重要讲话发表十周年

我天生是个不安分的人，喜欢尝试新鲜事物。刚入行时，我和团队一起创作古装剧，用浪漫想象自己不曾经历的过往。后来，我转型创作现实题材作品。如果说最初是尝鲜使然，可时间越久，我好像越能真切地领悟习近平总书记在文艺工作座谈会上的重要讲话精神："艺术可以放飞想象的翅膀，但一定要脚踩坚实的大地。"

创作网络剧《在希望的田野上》的理由很简单——源于山乡巨变带给我的感动。我出生在贵州的农村。年少时的家乡交通不便且常年缺水，我从小听过最多的话便是"好好读书争取走出去，走出去就别回来了"。

可当我真的通过读书走出来，2018 年再回到家乡时，却为家乡的巨变所震撼。而让家乡产生如此巨大变化的，正是那些跟我一样考上大学走出去了却又回来的同龄人。他们大学刚毕业就投身脱贫攻坚工作，在农村一待就是好几年。我为他们的壮举而感动，为山乡巨变而感动，所以我的第一部现实题材作品的主角是驻村干部。

那部剧播出时，我国已宣布脱贫攻坚战取得全面胜利。我重新回到当年采风的村子，与当地的扶贫干部交流，脱贫之后是乡村振兴，可是该如何振兴？意外的是，很多人的回答都是——教育。大家一致认为：教育是阻断贫困代际传递最有效的方法。

这让我不由得想起自己的成长经历，若非初中班主任的劝导，我只怕在初三那年就放弃学业外出打工去了，是她告诉我通过读书的方式走出去，会有更多的可能性。于是，便有了我第二部现实题材剧《春风化雨》的创作初心——山乡巨变换新颜的同时，如何让孩子接受更好的教育，如何让老百姓认识到教育的重要性，乡村教育面临怎样的困境，乡村需要什么样的老师。这也是这部剧探讨的核心。

这部剧在创作过程中遇到很多困难，最大的困难便是2008年我考上大学离开家乡后，对家乡、对乡村教育现状的了解有限。我先采访了十几所乡村学校的几十位老师，可发现采风得来的素材虽生动，但始终隔着一层，没有现场感。于是便有了2022年我到易地扶贫搬迁学校挂职的行动。那两个多月的挂职经历，让我真切地感受到了"真实"二字的力量，一个个生动而实在的案例令我笔下角色有了血肉。诚如习近平总书记指出的："文艺创作方法有一百条、一千条，但最根本、最关键、最牢靠的办法是扎根人民、扎根生活。"这警醒着每一位创作者，应当去生活中看看真实的人民生活，如此，笔下的人物与生活才能获得艺术的真实。

《春风化雨》播出期间，我和导演、主演一起走进华东师范大学与师范生交流。当我听到他们说看完剧更加坚定要做一名教师时，我真切地感受到了现实题材文艺作品的力量。据悉，华东师范大学师范类专业大部分毕业生奔赴祖国的中西部从事教育工作。有学生说，从剧中学到了很多教学经验。我相信这部剧带给他们的一点启示，在未来也许就能让他们帮助更多孩子。

电视剧《春风化雨》剧组到华东师范大学分享创作故事

在《春风化雨》中，长期从事扶贫工作的安儒风总结驻村工作时说，驻村工作"见天地，见众生，更重要的是见自己"。我想，现实题材文艺作品的创作亦是如此，如习近平总书记所期望的那样，文艺创作"应该用现实主义精神和浪漫主义情怀观照现实生活，用光明驱散黑暗，用美善战胜丑恶，让人们看到美好、看到希望、看到梦想就在前方"。

脚踩坚实的大地

关于猫头鹰的故事[①]

尊敬的各位领导、学者、老师、媒体朋友、同行：

大家好，我是电视剧《春风化雨》的编剧饶俊。

时值中华人民共和国第 40 个教师节，由我担任编剧的电视剧《春风化雨》能够顺利播出，我唯有"感恩"二字！

今天大家的相聚，实缘起于我。"缘起"这个词，是岁月长河中那些温暖的瞬间，是心头永恒的记忆，是人生中最美妙的相遇，更是心头涌动的无限希望。

很多人在不同场合都问过我，为什么要创作这样一部剧？今天，我不说五元钱的故事了，我想给大家讲一个关于猫头鹰的故事。

剧中第二十六集，张小智的母亲因受不了家暴和丈夫赌博而离家出走，他的父亲也因为欠下高利贷而被讨债的人带走，家里只剩下还在上初中的姐姐和年过七旬的奶奶。奶奶早已被儿子气得半死。张小智就问老师："我奶奶早晚得被我爸气死。如果我奶奶去世了，就没人照顾我们了。老师，你会管我和我

[①] 饶俊在电视剧《春风化雨》研讨会上的发言。

姐吗？"老师说："会。"

问出这个问题的男孩，就是曾经的那个我。

在我们当地，有一个传说，如果大晚上猫头鹰叫个不停，便会有老人去世。自从我听过那个传说之后，便非常关注猫头鹰是否会叫，直到一个雷电交加的夜晚，猫头鹰一直叫个不停。那天晚上我吓坏了，在床上紧紧地拽着奶奶的手，反复问她，她是不是会死？奶奶反复说她不会死。那一晚，我不知道自己是如何入睡的。第二天醒来时，发现身边已经没人了，我吓得赶紧跳下床，四处寻找奶奶的身影，直到寻到村里的另一户人家，才在一群人中找到了奶奶。原来那户人家有老人过世了，我见到奶奶时，她正在帮忙。

在电视剧《春风化雨》研讨会上，编剧饶俊发言

自那时起，我很长一段时间都在担心奶奶会随时去世。父母都不在我身边，如果奶奶走了，家里就只剩下我跟我哥哥了。那一年，我八岁。有一天，我终于忍不住问我的班主任："如果我的奶奶去世了，怎么办？"老师说："没事，要是真没人管你了，学校这么多老师，一家吃一顿就够你长大了。"是小学的那位老师，让我有了成长的底气。

因此，在我看来，创作这部剧，除了感念师恩，更是因为教育是一个国家的立国之本。教育，不仅寄托着个人成长的希望、家庭的希望，也承载着一个国家发展的希望。

而老师，正是希望的播种者，这也是这部剧的英文片名，这更是我创作这部剧的初心。因此，我把所有对老师的敬意，对基层教育的期望，对国家教育的希望，都写在了马月明这个角色身上，以及这部剧里。

昨天，收到了来自家乡市委市政府的感谢信，我百感交集。我相信，有大家的鼓励与支持，那个曾经害怕猫头鹰叫声的小男孩如今已经长大。我会竭尽全力，去帮助更多的人。

故事讲完了，最后是感谢、感恩。

感恩在我人生每个阶段帮助过我的老师，感恩在剧本创作过程中，上海市广播电视局电视剧处给予的指导，并向国家广播电视总局电视剧司重点推荐这个项目。在我的故事大纲和前五集剧本写出来之后，上海市广播电视局电视剧处又建议我去体验生活，后来在国家广播电视总局电视剧司和贵州省广播电视局的协调下，我顺利进入易地扶贫搬迁学校——贵州省铜仁市第十七中学挂职校长助理。在挂职期间，我得到了当地教育局和学校师生的帮助与关爱。与此同时，我也遇到了我的投资方北京百纳千成影视股份有限公司，总制片人邹标，感谢他们义无反顾地选择投资这个项目，还有西部电影集团有限公司，从我的第一部现实题材网络剧《在希望的田野上》就开始支持我，这份关爱也延续到了《春风化雨》。若无你们的关爱，这部作品绝无问世的可能。在拍摄期间，我们得到了中共贵州省委宣传部的大力支持，尤记得卢雍政部长、谢念副部长亲自出席过两次落地协调会。开机之初，在我们最需要播出平台的时候，腾讯视频与我们签订了一份采购合同。再后来，芒果TV、爱奇艺、东方卫视、北京卫视，纷纷对我们抛出了橄榄枝。此刻，我向你们致以深深的敬意。

　　谢谢大家！

献给乡村教师的赞歌

——电视剧《春风化雨》的创作初衷

　　党的十八大以来，习近平总书记多次在不同场合指出，教育是一门"仁而爱人"的事业，有爱才有责任。爱是教育的灵魂，没有爱就没有教育。对此，我有深刻的体会。

　　初三那年，我最好的朋友因为家庭原因选择外出打工。他的离开对我的影响很大，我也动了外出打工的念头，是我的班主任徐烨老师鼓励我继续学业，最终我考上了当地最好的高中。2006年我上高中，我的一篇作文入围了由《萌芽》杂志社联合北京大学、清华大学、上海交通大学等国内十三所高校举办的第八届全国新概念作文大赛复赛。那时的新概念作文大赛享誉全国，推出了韩寒、张悦然等作家，还有许多一等奖获得者取得了保送北京大学、清华大学的机会。能够入围这样的作文比赛无疑是幸运的，但复赛需要去上海进行现场作文。那时，我的家庭经济条件有限，无法支持我前往上海，是我的语文老师代泽斌、地理老师张翠荣、班主任兼历史老师王颖资助我前往上海参加复赛。最终，我凭借此次机会赢得了上海戏剧学院的"入场券"。

路遥的小说《人生》扉页上有着这么一句话："人生的道路虽然漫长，但紧要处常常只有几步。"引导我走对人生中最重要的一步的人正是我的老师——普普通通的乡村教师。所以这一次，我想以一群普通的乡村教师作为主角展开连续剧《春风化雨》的创作，讲述他们数十年如一日扎根在农村教育岗位，用爱与心血浇灌莘莘学子，帮助学生勇敢追逐各自梦想的故事，力求展现乡村教师群体为促进城乡教育的均衡发展，让山区孩子受益于乡村教育的发展成果所付出的汗水与辛劳，也希望通过乡村教育二十年的发展变迁反映新时代山乡巨变这一波澜壮阔的历史进程。

在《春风化雨》剧本创作中，我最先确定的是本剧的基调——真实，不回避现实痛点，直面矛盾与冲突。

我出生于贵州少数民族聚居区，早年在农村艰苦的生活经历让我对贫困山区的生活现状、村民的思想有着比一般人更加深刻的了解。为了更加深入地了解实际情况，2021 年 10 月，我到贵州省铜仁市碧江区和平初级中学、第十一中学（灯塔初级中学）、白水民族中学等乡村中学进行田野调查；2022 年，我又在国家广播电视总局电视剧司的支持下，特意前往贵州省铜仁市第十七中学挂职调研。通过长时间的田野调查、挂职调研，我了解到在精准扶贫方略、乡村振兴战略实施下乡村获得

春风化雨

的重大发展，但也发现在乡村教育方面还有一些可以继续提升的空间。

在家庭教育较为缺位的乡村，教师需要打破家校的边界，走到学生的家里去。他们帮助孩子们系好人生的"第一粒扣子"，小到衣食住行，大到人生观的建立。他们早已突破了教师身份的职业边界，成了孩子们的朋友、亲人、领路人。他们比城市老师对学生人生的介入更深。

所以在《春风化雨》里，我以女主角安颜的视角带出老一

花絮：佟丽娅与学生在拍摄现场

辈乡村教师的教育精神、新一代教师的选择与彷徨、几届农村学生的困境对照，融入了教育公平、留守儿童、原生家庭、乡村伦理等社会议题，将乡村教育存在的问题和难点通过戏剧手段呈现，还深度融入剧情，探讨易地扶贫搬迁以后，城市的诱惑、家庭结构的变化、新生活带来的不适等为教育带来的前所未有的挑战，动态展现了基层教育理念与时俱进的发展过程，希望在保有观赏性的同时也具备一定的现实意义。本剧故事原型所在地贵州是全国易地扶贫搬迁人数最多的省份，易地扶贫搬迁学校的教育问题也自然成为关注焦点，突显了本剧相较于其他乡村振兴题材作品的差异化特点。

在叙事方式上，我选择以小见大，尝试实现厚重主题的创新化和生活化表达。

我在创作剧本时，将故事的起点设定在一所普通的乡村中学——和平中学，故事横跨二十年，将"人物命运""学校命运"和"时代命运"紧密相连，将一个小地方的乡村教育上升到国家层面的乡村振兴战略与时代变迁，以此提升本剧的质感和价值深度。故事从 2012 年切入，一边往前推进，一边闪回到 2002 年，通过合理地编织事件逻辑与戏剧冲突点，将两代学生的选择与命运相互对照，以增强戏剧张力，提升观众（尤其是年轻观众）的观剧体验。

在剧本的创作过程中，我时刻要求自己将时代主题与故事中的人物命运有效结合，通过小人物、小切口折射中国乡村教育发展近二十年的成就，着力展现国家精准扶贫方略和乡村振兴战略的伟大成果，将新时代新乡村的史诗性变革生动地呈现在观众面前。《春风化雨》不仅是献礼习近平总书记提出"精准扶贫"重要思想十周年的剧集，还是献给所有默默奉献的乡村教师的赞歌。

大格局与戏剧性之外，我想呼唤的是乡村朴素真挚情感的回归。

我相信乡村是中国人心中情感的出发地和归属地，不论何

剧照：充满生机的稻田

时何地，我们都需要"望得见山、看得见水、记得住乡愁"。本剧聚焦的是乡村教育，更聚焦乡村教育背后的人物和情感。其中，既有教师之间的传承与互助，也有师生之间的磨合、信任和守护，还有家人和爱人之间的包容与谅解，力求有痛点、泪点、燃点。我相信真挚的情感定会引发观众的共鸣。如今，生动、鲜活、有趣的原生态田园风情，或有涤荡心灵之功效，为缓解人们生活中的焦虑状态带来一些可能。

最后，我想谈一谈我们的女主角安颜以及乡村教师。

安颜的父亲是铜江市乌江县扶贫办主任，是一名普通的基层公务员，母亲在公立医院工作。她从小在城市长大，本可以选择一条更加轻松的人生道路，但在轻松与困难之间，她决定选择困难但正确的道路。城市出生的安颜初到和平中学时是有些抵触情绪的，但在与学校老师和学生的相处中，她逐渐获得了被需要的价值感。在老校长的影响下，她传承了"守"的教育价值观和"孵"的朴素教育理念——像母鸡孵蛋一般培育学生，助其成长，把学生从大山里送出一个是一个。这并不是我在做理想主义的表达，相反，这是许许多多投身乡村教育的教师的真实心路历程。

我的身边有一些家境颇好的同学，多年之后再见时，我惊奇地发现他们中一些人放弃了城市里的舒适生活，投身于乡村振兴的伟大事业中，扎根乡村，深耕基层。在他们身上，我切实地看到了理想主义的光芒，理解了什么叫作"广阔天地，大

献给乡村教师的赞歌

有作为"。

也许等到剧集播出后，会有人认为我对安颜不太公平，给她原本可以顺风顺水的人生安排了如此多磨难，如她与第一任丈夫卢广斌的婚姻破裂。我想说的是，安颜面对的这些困境正是许多乡村教师普遍面临的困境。他们将自己的时间、精力投入到乡村留守儿童身上，却也因此在家人的陪伴上有所缺失。我们无法替别人去评判究竟如何选择才是正确的，但我希望通过这部剧的播出，能让大家在关注乡村教育的同时，也多关心体谅我们的乡村教师。他们是许许多多乡村留守儿童的老师、父母，可我们也不要忘记，他们也是自己儿女的父母，更是自己父母的儿女。

对于安颜，我还是有一些偏心的。从普通教师到副校长，再到易地扶贫搬迁学校的校长，安颜凭借丰富的乡村教育教学工作经验，让很多孩子迷途知返，追寻梦想。她亲眼见证了一个又一个学生在她的教导下走出大山，迎来了截然不同的人生。对于一位老师而言，这应该是最大的幸福了。当然，在爱情方面，安颜最终也还是遇到了双向奔赴、可以并肩前行的人。

除了安颜，我还塑造了一批如符胜治、钟玉科、周圣杰、丛俊生等老中青三代鲜活的乡村教师形象。他们身上有缺点和不足，但他们对教育的热爱不分伯仲，始终遵循着"下得去、留得住、教得好"的乡村教师发展路径。

我想以安颜为代表的乡村教师，来诠释何谓习近平总书记

014

提倡的"四有"好老师。他们用爱感化学生，数十年如一日地坚守在教育岗位上，没有口号式地表达一定要留在乡村教学，只是像饿了要吃饭，渴了要喝水一般，把在乡村当老师视为一种生活选择。而这，正是大部分中国乡村教师的缩影。到最后，爱学生，成了他们的一种本能。

在我上一部乡村振兴题材的剧集《在希望的田野上》播出后，我曾引用王阳明先生的一句话作为总结。这一次，我仍旧想引用这句话作为电视剧《春风化雨》的总结，我相信这句话也是所有乡村教师内心力量的源泉："此心光明，亦复何言。"

在铜仁市第十七中学的六十天

——电视剧《春风化雨》的创作阶段

十五天

在此，我特别感谢国家广播电视总局电视剧司给予的关心与支持，以及贵州省广播电视局的协调，让我有机会来到贵州省铜仁市第十七中学（以下部分简称"十七中"）挂职学习与锻炼。

我于 2022 年 9 月 16 日抵达铜仁，应当地"三天两检"的防疫政策要求，于 9 月 19 日（星期一）正式到校报到，担任校长助理一职。

该校校长徐秀余是一位体育老师，曾在鱼塘乡、大坪侗族土家族苗族乡等地的中学担任过副校长、校长，故在管理学校上很有经验。

这是一所典型的易地扶贫搬迁学校，位于万山区丹都街道。万山区原为万山特区，是我国汞矿的主要产地之一。中华人民共和国成立之初，万山的汞矿为偿还苏联债务作出了重要贡献。但此后由于能源枯竭，大量专业技术人员撤离等原因，当地失去支柱产业，陷入发展低谷。

2011 年以来，万山区开始转型，原本的矿区，在精准扶贫的专项资金和东西部协作的帮助下，摇身一变成为朱砂古镇，发展为旅游型小镇。为了城市发展的需要，原来的万山特区改为铜仁市万山区，加快其城镇化进程。区政府也搬迁到原铜仁县级市辖区的

剧照：晨曦下的"丹砂区"

谢桥。围绕区政府，这里划定为易地扶贫搬迁的主要区域，也成为万山区新的主城区。而十七中，正是位于易地扶贫搬迁的核心区域。

办学四年以来，十七中大部分的学生来自曾经的贫困家庭。在城南驿、旺家花园等十七中周围的安置点，住户分别来

自铜仁市下辖的沿河土家族自治县、德江县、印江土家族苗族自治县、石阡县、玉屏侗族自治县、思南县、万山区等地，他们是精准扶贫重点帮扶的对象。搬迁以后，这些家庭只需要支付 2000 元，便可拎包入住已装修好的 100 多平方米的电梯房。就住房条件而言，居民的幸福感很高。

学校对我的到来很欢迎，也很信任，校长安排我分管办公室的工作。校长认为目前办公室是学校管理的短板，希望我可以将问题梳理出来并解决。通过近两周的观察，我发现办公室主要有三个问题：一是办公室日常工作繁杂，加上学校没有线上办公系统，导致办公效率较为低下；二是办公室要承担学校的宣传工作，但无专业撰稿、拍摄人员，导致文稿质量、宣传效果皆难达到预期效果；三是办公室人员仅三人，皆系授课老师兼职，工作量超负荷。

针对办公室存在的问题，我主要从三个方面解决：首先，将我公司的行政经理调到十七中，为办公室人员做企业微信的使用培训，将全校教职工逐步纳入在线办公的管理系统中来；其次，我自己开设宣传稿改稿课程，对各个科室、教研组的撰稿人员进行撰稿培训；最后是因组织了团队在铜仁同步拍摄纪录片《乡村教师》，后续将请摄影师过来对学校教师进行摄影、摄像的短期培训。

校长主动提出，学校教师的科研能力一直有待提升。针对老师的论文写作问题，我因曾攻读硕士学位，在核心期刊上亦发表过论文，故为教师开设了"E时代的论文考据"课程，与教师共同探讨如何利用大数据辅助论文的撰写。

因我自己是土生土长的铜仁人，作为走出大山的学子，校长特别希望我给全校师生举办一场有关成长经历的励志分享会，但遗憾的是因故暂时搁置。

通过两周的观察，不得不说学校的管理很有一套。现如今，随着手机和电脑的普及，师生的板书能力皆明显不足。针对这样的情况，徐秀余校长将每天18：45—19：00安排为练习书法时间，形成学校师生的日常规定动作。除此之外，教师每周都要进行粉笔板书训练，教师写好以后，将小黑板放在办公室门口的走廊上，供师生互相督促、学习。而校园的墙上，挂满

挂职期间，饶俊为学生解答疑惑

了在校师生的书法作品。这比我看过的打印出来的名人名言都要耐看，也更有意义。

学校将书法的元素融入学校管理的每一个细节中，如在教学楼中，每一层楼都有一个主题，初一年级的楼层主题是"礼仪"。老师们将楼层主题用软笔书法写就裱好，挂在楼梯口，时刻提醒学生。然而略为可惜的是，就专业程度而言，学校的书法老师水平有待提高，未来若有机会，希望可以请好的书法老师来支教。

然而，两周的体验，最大的感受，还是：难。

第一，经费上的困难。原本这所学校的规划是作为一所小学，后来又改成十四中，十四中搬走以后才将这里留给十七中，故到现在，校门还是十四中的，而当地教育部门暂无经费解决校门问题。

第二，历史遗留问题。作为小学，原本就没有学生宿舍，但具有丰富农村教学经验的徐校长认为，农村孩子不适合搞"大水漫灌"式的教育，还是需要"区别对待"。对于那些有希望走出去的学生，或是因为家庭问题独居在家的学生，徐校长希望他们能够住在学校，以后能送出去几个，就送出去几个。故目前的学生宿舍是由教室改建而成，一间宿舍放了十张上下铺的床。因为房间的格局，学生宿舍完全没有放书桌的空间，只能用来睡觉。由于经费问题，宿舍没有安装空调。铜仁市夏季最高气温可达 40℃，冬季则可能降至零下，住宿条件非常艰苦。我在2021年回铜仁市拍摄网络剧《在希望的田野上》时，跟上海市儿童基金会合作，成立了"阳光育人·撷英计划"专项公益基金，募资近70万元。于是，我便用这笔钱为宿舍安装了18台空调，期待十七中的学生可以过一个温暖的冬天。

第三，仍然是经费问题，学校图书室的藏书不足，连初中生必读书目都凑不齐，更别提阅览室了。鉴于此，我在朋友圈发起了募捐活动，目前已经募集到上千册图书，初中生必读书目中的二十本已实现全覆盖，且每一本均有五套，方便学生借阅。至于阅览室，我个人将出资装修，目前正在设计中，预计国庆节后可以施工。针对学生的阅读需求，我创办了一个读书会的社团，目前正带着学生一起读《西游记》，节后还将面向全校学生开设写作课。

第四，学校计算机教室设备不足。计算机教室只有40台电脑，而人数最多的班级有58人。在我思考如何解决这个问题时，我与业内资深制片人、也是我的好朋友周丹女士聊起此事，没想到她当即答应捐赠18台全新的电脑，彻底解决孩子们上计算机课需要"抢"电脑的难题。国庆假期开始前，已经有10台电脑到位，节后其余电脑将全部配齐。

除此之外，学校没有室内演出场所，会议室的设备也不齐全，一切都卡在教育经费上。但这些问题，只要资金到位就能解决。真正令人忧心的，还是那些资金解决不了的问题。

从挂职的第二周开始，我便跟随着班主任一起去家访，目

剧照：村舍一角

前已经家访七位学生，为每位学生建立了家访小档案，将学生的家庭基本情况、擅长学科、薄弱学科、爱好等信息都进行了汇总，方便日后班主任管理。因为班上大部分学生来自贫困家庭，有父亲残疾、母亲为了养家一个人打三份工的，有父母离异丢下孩子独居的，还有父母外出务工而留守的……

　　同样曾经家庭困难的我，年少时的生活，可谓是童年阴影，好在从小学到高中，每个阶段都遇到了十分关心我的老师。对于这些农村孩子而言，没有心理医生，没有亲人可以倾诉，老师也许就是他们生活中唯一的希望之光。

　　当我问起分管教学的副校长，管理这所学校最难的是什么时，他说最难的不是学生问题，这些贫困家庭出来的学生，虽然困难，但胜在大部分孩子都很淳朴，只要稍加引导、关心，就可以看到明显的改善。于他而言，最大的难题反而是老师，这些老师原本都在乡村学校，因为这所学校的成立，被教育局从各个乡村中学抽调到城里。原本进城是他们的主要奋斗目标，但现在实现了，有些老师反倒没有了工作的动力。

故此，有些老师未必是学生的光。那些没有光的学生，该怎么办？每每想起这个问题，我都难以入眠，尤其是现在身为两个孩子的父亲的我……

接下来，我想继续跟着老师去家访，也想跟这所学校的老师和学生分享我的成长经历。在我的成长过程中，有把我当成自己的孩子照顾的小学老师，有自掏腰包每周给我五元钱生活费的初中班主任，还有几人一起凑钱送我去上海参加新概念作文大赛复赛的高中老师……

除了写好《春风化雨》这部剧，呼唤师德的回归，让农村学生看到希望，我一直在思考自己还能做什么。目前，我初步想到的是延续 2021 年启动的旨在扶持农村品学兼优学生的公益基金的做法，这次想筹集一笔善款，作为乡村教师培训的专项基金。

挂职体验才刚刚开始，也许，未来我会有更多想法……

2022 年 10 月 7 日星期五，写于铜仁市第十七中学

在铜仁市第十七中学的六十天

三十天

　　本来在挂职之前，我还觉得两个月时间很长，但真正投入到挂职工作中后，每天都在感慨，为何时间过得如此之快。转眼挂职工作已经进行一个月了，我却还有许多事情未能完成。

　　国庆节收假回来后，我如期给十七中开了作文课，因是利用课后延时服务时间（每天 16：50—17：35），便让全校学生自主选课。不承想三个年级选课人数有三百多人，而学校最大的会议室只能容纳近百人，故最后变成七、八、九年级分别开课：周一为九年级，周二为八年级，周四为七年级。加上原

饶俊在铜仁市第十七中学挂职时演讲

本每周三（16：40—17：35）的阅读社团活动，我在学校每周的课时量达到四节，既充满了挑战，又感觉无比充实，每次备课对自己而言也是一次再学习。

硬件设施部分，周丹女士捐赠的电脑中，剩下的 8 台已于国庆节后顺利抵达学校，现已安装妥当并投入教学；由我捐赠的阅览室也已开工装修，预计 11 月中旬可竣工。

最有成就感的是家访工作取得了突破性进展。原本只是我和学校分管德育的杨勇刚副校长及各班班主任一起家访，但共青团铜仁市万山区委员会书记张艳华得知后，也加入了我们的家访队伍。张艳华先生曾参加过脱贫攻坚工作，是从基层提拔的年轻干部，基层工作经验丰富。我们的家访起初只能从学校和社会的角度来关心、帮扶学生，而他则联系了区委和区政府、街道以及社区等部门，对学生家庭存在的困难，做到及时发现及时解决。

张艳华书记的加入，引起了当地街道和社区班子的关注。如今的家访队伍已形成学校、党委和政府、社区三方协同的模式，相信只要能坚持下去，一定能全面解决学生面临的各种问题，无论是学习方面还是家庭生活方面。更为难得的是，我们还实现了跨区县的协同。

截至目前，我们已经家访了三十名学生，并与团区委达成初步合作意向。我们决定利用团组织这个平台，成立一支专项基金，定向帮扶家境贫寒但品学兼优的学生，只要他们愿意读书，就一直资助他们到大学毕业。具体形式是：我们将符合条件的学生情况发给愿意资助的人，让大家自主挑选资助对象，资助人将资金捐到团委的基金，由团委每月定期发放给该名学生，并定期跟踪该名学生的发展状况。我们深知，对于农村家庭而言，能培养出一名大学生，有一个人有一份稳定的工作，便可以改变整个家庭乃至家族的命运。目前，这个想法已经得到影视界许多同人的响应，纷纷表示愿意解囊相助。

我最近家访了一对双胞胎兄弟，他们皆在十七中读初三。这个家庭原本居住在印江县，孩子们的父亲初中毕业后在外打工，与工友结婚。妻子怀孕后，二人返回老家生育。可是孩子们生下来之后，妻子看到家里太穷，丢下两个孩子一走了之。父亲的能力也一般，虽然一直在外打工，但也挣不到多少钱，因此被认定为贫困户。他们一家通过易地扶贫搬迁至万山区旺家社区，孩子们也从印江县来这边读书。因为家境贫寒，所以爷爷留在县里继续耕种、养殖，以补贴家用，由奶奶过来陪读。但两年前奶奶病逝，为了照顾两兄弟，爷爷将县里的家畜等变卖，来到万山区陪两兄弟念书。至于孩子的父亲，据孩子的爷爷说，连孩子的奶奶去世他都没有路费回家参加葬礼。因为经济确实困难，爷爷只能靠政府发放的低保金维持三个人的生活，所以两个孩子从来没有零花钱，也从不吃早餐，鞋子衣物也都是穿别人赠送的。两个孩子的情感也比较复杂。据班主任反映，奶奶的去世对两个孩子打击很大，原本成绩不错的两个孩子，自奶奶去世后在学习上便懈怠了。了解到这一情况后,我决定定向帮扶这两个孩子。一天晚上,我带孩子们去买鞋子,发现他们连自己的鞋码都不知道,因为他们从来没有穿过新鞋。经过对这两个孩子的观察,我发现他们其实很聪明,底子不错,如果能稍微再努力一点并找到目标,考上高中应该没多大问题。他们的薄弱学科是语文和英语,我现在每天利用晚饭后、上晚自习之前的时间,给两个孩子补习语文;用我和上海市儿童基金会的公益金,为两个孩子请了一位英语老师,每周给学生补习三次英语;还跟他们一起制订了考入铜仁市第二中学(省级二类示范性高中)的目标。通过一个多星期的努力,班主任告诉我,两个孩子的学习态度有了明显的改善,每天像打了鸡血一样努力。我已经联系好一位语文老师,在我挂职结束后,由他继续为他们补习。由衷希望他们可以重新振作起来,改变自身的命运。

为了深入了解乡村教师这一群体,前两周我开始随机到各班听课,听完后与教师进行交流,重点了解他们对自身职业发展的想法。有不少年轻教师表示曾无数次想过放弃,放弃的原因无一例外都是觉得易地扶贫搬迁学校的学生难教,学习没有目标,自然也就没有动力。老师用尽各种办法,但收效甚微,常常感到强烈的挫败感。更为关键的是,这些学生的家庭教育几乎是缺位的。好在大部分家长虽然自身没有文化,但还算支持老师的工作,但也有不少家长对学生漠不关心,宁愿拿钱去打麻将也不愿支付学杂费。父母这样的态度，也会影响到孩子的学习态度。

剧照：清晨山景

原本我一直在想，乡村教师和城区教师的区别在哪里。走访了一个月，我忽然明白，因为乡村学生家庭教育的缺位，乡村教师承担了农村学生 95% 的教育工作，他们自觉或不自觉地挑起了这个担子，压力不言自明。鉴于此，接下来的挂职工作，除了坚持已经开展的，我还将加大对老中青三代教师的采访力度，更深入地了解乡村教师这个群体。

此外，我还邀请了曾获得过"桃李杯"个人单项奖的青年演员杨韬歌来十七中支教，利用学生课余时间，为学生编排舞蹈，希望孩子们的舞蹈能成为这个学校的"保留节目"。

我公司的团队同步拍摄的纪录片《乡村教师》，已于 10 月 26 日杀青，团队成员都是"95 后"年轻人。本硕皆毕业于中国美术学院的青年导演吴雪飞表示，在拍摄的过程中"灵魂得到了洗礼"，自己以往的作品，大多都是在想象苦难，而走这一遭，终于明白"深入生活、扎根人民"的重要性。特别值得一提的是，纪录片《乡村教师》的拍摄，得到了中共铜仁市委宣传部的全程支持与协调。纪录片团队也充分发挥他们的专业特长，为十七中义务拍摄了一部宣传片，该片目前正在进行后期制作。

关于《春风化雨》这部剧的工作，也有了新的进展。首先是剧本创作，因为挂职的深入，激发了新的灵感，也发现了原故事大纲中存在的一些问题，正在进行相应调整，剧本已创作至第十集。投资制作部分，本剧获得了北京百纳千成影视股份有限公司（原华录百纳）的青睐，已与我公司（上海福得文化创意有限公司）签订联合开发协议，共同开发制作。百纳千成的副总裁亦是这部戏的制片人邹标先生，已于 10 月 10 日到我所在的十七中进行了为期一周的生活体验。事后，邹先生回公司汇报了我在贵州挂职的情况。该公司总裁方刚先生个人捐赠了价值约五万元的空气能热水器，其容量足以满足五吨水的加热需求，解决了十七中住校生无热水洗澡的问题，还承诺待阅览室装修完成后，再捐赠一批图书。在我挂职期间，邹先生陪同我一起家访、采访一线乡村教师。我们深知乡村教育要有希望，乡村教师自身必须不断地学习，只有适时进行教学方法、理念及知识的迭代更新，才能够缩小城乡教育水平的差距。但随着脱贫攻坚战的胜利完成和乡村振兴战略的持续推进，我国农村正在迅速城镇化，因此越来越多的农村学生涌向城市，导致乡村学校的学生数量逐年减少。然而，教师的培训经费是根据学校的办学规模来分配的。在此背景下，乡村教师的培训资金和培训机会也在相应减少。对此，我们计划在戏开拍时，争取募集一百万元公益资金，定向用于乡村教师群体的职业培训，以提高他们的职业水平。

通过努力，我邀请到国家高层次人才特殊支持计划领军人才、国家教学名师、省管专家、贵州省铜仁第一中学（以下部分简称"铜仁一中"）教师发展中心主任，也是我的高中语文老师代泽斌先生，为十七中和我的初中母校茶店镇中学全体教师，做了一次题为"听党话永远跟党走，少教多学渐趋佳境"的讲座。后来在代泽斌老师的支持和我的推动下，经铜仁一中舒崇进校长同意，代泽斌老师自 11 月起将率领铜仁一中一线教师团队，定向帮扶十七中，在十七中开展初高中衔接实践活动，希望可以借此切实帮扶教育薄弱的乡村学校。

目前，《春风化雨》的大致计划是 11 月完成一半剧本（15集）的创作。待我挂职结束后，希望与北京百纳千成影视股份有限公司一起向总局相关领导进行当面汇报，并恳请国家广播电视总局电视剧司组织专家对我们的创作进行把关。随后，我们将根据意见，在春节前完成全部剧本初稿的创作。完成后，我们将再次恳请国家广播电视总局电视剧司为我们的剧本及制作拍摄 "把脉" "会诊"。如若一切顺利，我们想争取 2023年 3 月开机，力争 2023 年教师节或国庆节播出。虽说时间紧、任务重，但我们愿意为之努力一把，届时还希望得到国家广播电视总局电视剧司的大力支持。

挂职和创作皆在有序进行中，我每天都会遇见新的故事。当我漫步在校园中，遇到越来越多的学生、老师来跟我打招呼，或找我讨论写作，或找我谈心，或找我去班里上班会课，或找我一起去家访，我便知道，不虚此行。

2022 年 10 月 27 日星期四，写于铜仁市第十七中学

四十五天

　　写这份报告时，因学校所在的万山区出现两例新冠病毒感染确诊病例，且行程轨迹波及面较大，故全市按下"暂停键"，进行全员核酸检测，何时恢复正常，尚需等待检测结果。

剧照：宁静村落

原本还在犹豫是否回村里的老家，但得知学校还有两百名住校生、二十余名教师后，我毅然决定收拾好行李返校，与留校的师生共进退。说起来有那么一点悲壮的意味，可自 2019 年 12 月以来，这却是老师的日常生活。有老师开玩笑说，第一次被封在学校后，回家第一件事情就是教自己的孩子做饭，起码再出现类似的情况，孩子独自在家不至于饿肚子。

转眼挂职已有一个半月，此前报告过的家访活动还在持续进行。因摸索出了学校、区委、社区三方联动的家访模式，后续的家访活动就变得顺利许多。尤其是控辍保学工作，也从原本学校单方面的行动，变成了三方协作，效果也甚为明显。至少，没有再出现校方进不了学生家门的情况。

这两周最有成就感的当数促成了母校铜仁一中在十七中开展"初高中衔接实践与帮扶"活动，双方于 11 月 4 日签订了帮扶协议。铜仁一中还给十七中授牌"贵州省铜仁第一中学优质生源地"与"国家级教学名师代泽斌创新工作室铜仁市第十七中学工作站"。未来两年内，铜仁一中将组织由三名正高级教师带队、九名一级教师上课的优质团队，对十七中在"同课异构"、备课、学生管理工作、课题研究等多方面、多维度进行定向帮扶。

作为对母校的回馈，我也在积极促成上海市延安高级中学与铜仁一中的合作，现双方已达成初步合作意向，将互派师生到对方学校去体验、学习。另也联系了《萌芽》杂志社，双方将在写作人才培养上进行深度联动。《萌芽》杂志社将定期在铜仁一中举办创作类的讲座。

　　随着在学校的工作步入正轨，我将继续对易地扶贫搬迁社区的基层干部进行采访。在万山团区委的协调下，我有幸采访了2021年曾获得"全国脱贫攻坚先进个人"称号，现任万山区丹都街道党工委委员，组织、宣传、统战委员的罗焕楠先生。他出生于1993年，起初在丹都街道旺家社区任党总支书记。旺家社区作为万山区最大的易地扶贫搬迁安置点，安置了来自思南县、石阡县、印江土家族苗族自治县的困难群众多达4029户、17 963人。为帮助搬迁群众尽快融入城市生活，罗焕楠开动脑筋、集思广益，创新开展了带领搬迁群众"进一次菜市场""坐一次公交车""过一次红绿灯""坐一次电梯""逛一次超市"等接地气的活动。不过最了不起的是，在罗焕楠的带领下，他们多渠道摸排就业信息，积极兴办"扶贫微工厂"，帮助2200余名搬迁群众实现就业，人均月工资达2600元以上。所谓的"扶贫微工厂"，即联系需要手工小物件制作的厂家，包干到旺家社区，再由居民将工作领回家做，足不出户挣钱。这才慢慢稳住了搬迁居民，让他们安心住下来。

　　采访中的意外收获，是终于知道当初这些老百姓愿意搬迁的原因，居然有高达90%的人都是因为教育而下定决心搬迁至此。原来当时扶贫干部给这些老百姓做了很多思想工作，但百姓最大的顾虑还是担心到了城市找不到工作。在县里虽然经济条件差一点，但至少还可以种地，如果到了城市，找不到工作就只能靠低保金过活，但城区的消费水平相对较高，他们害怕生活难以为继。直到驻村的扶贫干部带着大家参观安置区附近的学校时，家长们动心了，因为在社区周围，幼儿园、小学、初中直至高中，一应俱全，最远的一所学

剧照：乡间房屋

校也不过只有 2 千米。大部分老百姓深知读书是改变命运的唯一机会，当他们看到修葺一新的学校后，似乎也看到了孩子的未来，故而下定决心搬迁至此。孩子来了，家里的老人一般也会跟过来陪同。年轻一点的人若能在附近找到工作，就会安居下来；找不到工作的，会外出务工，但年节时因为老人孩子都在这里，大多也会选择回来。

头几年，还有不少老人要回县里去祭祖探亲。随着社区活动的丰富，邻里关系的增进，大家已经开始将这里当成了真正

的家。而这，是罗焕楠书记最引以为豪的事。

　　了解到这一情况后，我与学校老师进行了多次交流，他们对此都感到有些意外。作为一个旁观者，我想这里面可能有两方面的原因：第一，家长虽然重视孩子的教育，但没有方法；第二，家校之间的交流不足，家长"羞"于表达，老师忙于自己的工作且站在自身的立场上，对家长的期待太高，故常常感觉得不到家长的回应。

　　鉴于此，在与校领导班子沟通后，大家一致决定将家访作为日后教师尤其是班主任的规定动作，用上述三方联合家访的模式，加强家校联系，共同努力将教育工作落实到位，而不仅仅是将责任与任务落在老师的肩上。

　　为了鼓励十七中的老师和学生，我充分发挥作为媒体人的优势，已经联系了胡歌、林更新、郑业成等艺人，录制视频来给他们加油打气，希望他们心有希冀、目有繁星，教师树立崇高的职业理想，学生明确人生目标，然后为之努力。

　　而我帮扶的那对双胞胎兄弟，我每天晚上9：40—10：40给他们补习语文。通过他们的作文，也算是走进了他们的内心世界，原来他们出生仅四十天，母亲就弃他们而去了。至于他们的父亲，自他们的母亲离家出走后，他外出打工从未归家，除两年前奶奶去世回过一次家，平时几乎不跟家里联系。两个孩子说父亲回来的时候已经认不出来了，所以他们在作文中写自己是无父无母的孩子。我很想帮他们，但是我知道，只有他们自己努力，才有可能改变现状。我除了每周给他们一人五十元生活费，还教他们学会记账，要养成按照计划花钱的好习惯，必须清楚地知道钱都花到哪里去了。我时不时陪他们一起回家，跟他们聊天，和他们分享我自己的成长经历。原本还很忐忑这样的关心对他们是否真的有帮助，但通过近半个月的努力，他们似乎找到了学习的动力。这次期中考试，两人的成绩均有所提升，尤其是弟弟，较上次月考成绩提升到了120分，成功跻身班级前十名。尽管他们的学习成绩仍有较大的提升空间，但这已经令我欣喜万分。午间在食堂碰到孩子的班主任，他告诉我孩子最近非常用功，已经到了去食堂吃饭都拿着书的程度。因此，我们都变得有信心起来，认为他们如果坚持下去，考上二类示范性高中还是很有希望的。

为了让他们能在初三这一年好好地冲刺中考，我跟学校和他们的爷爷协商，安排他们住校。至于年逾七旬的爷爷，则请社区党支部副书记何英每天都去关心一下，何书记也爽快地答应下来。一切安排妥当，这倒成了近来最开心的事。

在接下来的半个月挂职工作中，我将完成对十七中老中青三代教师的采访工作，另外将此前的公益活动继续推进下去，利用好余下半个月的挂职时间，深入生活，丰富创作。

2022年11月7日星期一，写于铜仁市第十七中学

在铜仁市第十七中学的六十天

六十天

此时，我正坐在从铜仁返回上海的高铁上。

去铜仁时，我也是乘坐高铁。

这两趟高铁于我而言，都具有特殊的意义。

1988年我出生在贵州的大山里。年少时，父母为了讨生活，纷纷外出务工。

我和哥哥自幼跟随奶奶一起生活。为了多挣一点钱，父母连春节都很少回家。

读小学一年级时，语文老师兼班主任李新华女士得知我家的情况后，鼓励我给父母写信。一年级认识的字很少，我就用拼音代替。这书信，一写，就写了十几年。

可能因为父母的爱皆从书信中获得，我便养成了用文字表达情感的习惯，故从小在写作上获得较多的认可，渐渐地，我成了一名文学爱好者。

我上初中时（2003—2005年），改革开放的影响已扩至贵州山区，掀起了一股打工热潮，身边许多同学连初中都没读完，便选择出去打工。学习成绩好的，倒成了"异类"。那时，我最好的朋友因为家庭缘故，在初三那年也未能坚持读下去，选择外出打工。他的离开对我的影响很大，我也动了外出打工的念头。就在那时，我的班主任徐烨老师，在一个晚自习时间，将我叫到教室外，拿出五元钱。在那个用铝制饭盒蒸饭，用罐头瓶子盛着炒酸菜、豆豉或泡发的黄豆带到学校拌着热饭吃的年代，一份新鲜的菜五毛钱，五元钱刚好够一周的生活费。她告诉我，贫困只是暂时的；如果出去打工，未来的选择可能依然局限于打工；如果能够坚持读书，读高中、读大学，将来就会有很多种选择。她的那五元钱，激励着我考上了当地最好的高中——贵州省铜仁第一中学。

剧照：温馨院落

在这样一所高手如云的省级示范性高中，我时常会感到自卑，也出现了偏科的情况。那时我对前途，仍旧是迷茫的，好在有写作这一点爱好支撑着我。2006年11月，我的一篇作文入围了由《萌芽》杂志社联合北京大学、清华大学、上海交通大学等国内十三所高校举办的第八届全国新概念作文大赛复赛。那时的新概念作文大赛享誉全国，发掘出韩寒、张悦然等作家，还有许多一等奖获得者取得保送北京大学、清华大学的机会。能够入围这样的作文比赛无疑是幸运的，但复赛需要去上海进行现场作文。那时家庭经济条件有限，是老师帮助了我。语文老师代泽斌（如今已是享受国务院政府特殊津贴的国家教育名师），地理老师张翠荣（如今依旧在铜仁一中任教），班主任兼历史老师王颖（如今是贵州省铜仁市江口县委副书记），各自资助了我100元。那时我乘坐着未提速的红皮火车奔赴上海参赛，还记得坐票价格是198元，车程34个小时。也就是那次去上海，与全国的文学青年一起谈天论地、畅想未来，才使我坚定了走出大山，到上海读大学的信心。

不承想，距离第一次去上海，已经过去16年。

这16年间，当年的红皮火车已经变成今天的高速列车，车程从过去的34小时缩短至不到9小时。

这16年间，当年破破烂烂的乡村中学已经被重建，现在有了明亮的教室，四人一间的宿舍。

这16年间，村里不再缺水，能找到水源的地方已经凿出了水井，自来水已经通到了家家户户。生活在不宜居住之地的百姓，已经在脱贫攻坚工作中，或通过生态移民，或进行易地扶贫搬迁，每人享有20平方米免费城郊住宅。家庭人口多的，可以获得100多平方米的电梯房。

这16年间，每一个贫困家庭，符合条件的已经享受低保，10年的脱贫攻坚战，已经基本消除了绝对贫困。

为了解决易地扶贫搬迁社区居民的就业问题，当地政府出台了一系列政策和措施。在我挂职的十七中旁边，当地政府修建了一个可容纳一千个摊位的农贸市场。相信建成后，许多学生的父母不必再外出务工，留守儿童的比例应该也会有所下降。

通过两个月的走访，我们发现一些家长的思想意识存在问题，从而影响到孩子的思想。家庭教育因此根本无从谈起。而其他因学、因灾、因病致贫的家庭，也存在很多问题，家长虽然有"读书是改变命运的唯一途径"的思想，但缺乏辅导孩子学习的能力。

在学校里，老师面临的问题也不少。对于城市的孩子来说，如果在学校表现不好，把家长叫来沟通一下，大多能解决问题。但是在这样的易地扶贫搬迁学校，以及大部分的乡村学校，父母大多在外务工，学生有问题，哪能指望陪伴在家的爷爷奶奶呢？在家的父母，多将学生拉回去打一顿；在外地的父母，至多打电话骂一顿，即便是骂，还得小心翼翼。因此，老师几乎承担了所有的教育责任。

十七中的老师平均年龄三十四岁，虽然年轻，但不少人已表现出疲惫、倦怠的工作态度。因为除了日常的教学工作，他们还要花很多时间来应付学生的各种突发状况。上周三，一位学生因为父母吵架产生了厌学情绪，来学校后趁着午休时间离校出走。家长和学校老师找了一天都没有找到，结果孩子的父亲却把责任推到班主任身上，说如果出了任何问题都会找班主任。这位班主任是一位工作了四年的年轻女教师，当场情绪失控哭了出来。而这样的事件，几乎每周都在发生。

除此之外，乡村中学的线上教学工作大多无法展开。2022年11月7日到12日，铜仁市受新冠肺炎疫情影响停课一周，教育局要求老师给学生上网课。但对于这些易地扶贫搬迁学校而言，基本无法实现。首先是很多学生没有智能手机，家里虽有政府给配的电视，但仍有很多人连网络和闭路电视都舍不得开通，更别说配置电脑。我资助的那两名学生，在家一节网课都没上。面对这些问题，十七中的老师心有余而力不足。落下的教学进度，只能通过周末来补，这无疑又给他们增加了工作量。

挂职这两个月以来，我学到不少行业内的专有名词，如"控辍保学""送教上门"等，这些词的背后，都是老师所要承担的社会责任。比如，面对一位有先天智力障碍的孩子，因为当地没有特殊教育学校，教育的责任便落到了老师身上。负责的那位老师说，自己花了三年时间，教会他如何洗脸。

这些只是教师的外部负担，而内部的问题尤为突出。在易地扶贫搬迁学校或乡村中学，爱学习的学生占少数。原本学校没想过要分好班或平行班，但如果不这样"区别对待"，那些不想学习的孩子就会影响想学习的孩子。校长在初三这一年，被迫实行分班制度。

对于那些考不上好高中的学生，他们有一半会选择去读中职，剩下的大部分都会选择去打工。尽管现在自上而下大力发展职业教育，但对于贵州铜仁这样的欠发达城市而言，中职院校的发展较为薄弱。最好的职校一定是与企业挂钩，培养出企业可以用得上的专业技术人才。然而当地虽有职校，但大型企业却较少参与，导致尽管学生读了职校，但专业技能不过硬，毕业之后与初中毕业后去打工并无二致。因此，无论是在家长还是学生看来，读高中、上大学仍旧是读书的主流。尽管通过学校的努力，高中的升学率已经达到 50%，但那些在高中与职校分流线边界的学生仍是大多数。他们即便上了高中，能考上大学的可能性微乎其微，许多只能走高职院校的分类直招，可对于这些易地扶贫搬迁家庭而言，很少有人支持孩子去读高中，因为他们认为这笔账不划算。

这些问题在老师看来，就像一团乱麻，始终解不开。他们只能按部就班，遇到打结的地方，就疏通疏通，至于未来还有多少个结，他们也不敢想。而我作为一个旁观者，也深感无奈。

尽管如此，当我认真地问这些老师："想过放弃吗？"

他们却都笑笑，说："说实话，很多时候想放弃，甚至去跟校长提离职。但其实真的想离职吗？不想。外面的工作那么难找，出去未必能找到更称心的。提出离职，也是想让校长关心一下吧，让他知道我们工作的难处。"

他们笑着笑着，就红了眼眶，说："有时候真的很委屈，我们一心为了孩子好，可常常面临着学生不理解，家长不满意，领导要追责的局面。"

我又问："那让你们坚持下去的动力是什么？"

大部分老师都说其实并没有一个非常确定的东西。有一位女老师举了一个例子，其他老师也都很认同。那个例子源于我资助的一对双胞胎兄弟，我知道他们没衣服穿，就给他们买了羽绒服。那天气温骤降，这位女老师在教室上晚自习时冷得直哆嗦。没想到双胞胎之一的哥哥就注意到了，将自己的羽绒服披在老师身上。这位女老师说，她当时就流泪了，觉得这三年来无数次的怨气，在那一刻全消解了。

校长一直希望我给学校的老师和学生做一场演讲，就讲讲我自己的成长经历，但因为疫情原因，一直拖到 16 日方才进行。我演讲的题目是"敢想的人生"，这个题目不是第一次讲，我曾受上海市公益活动"阳光育人"计划邀请，为受到该计划资助的在沪少数民族优秀大学生讲过一次，主要跟大家分享自己是如何从贵州的小山村走到上海读大学，最后成为一名编剧的。

演讲开始之前，我给全体师生播放了我邀请胡歌专门给十七中全体师生录制的鼓励视频，现场响起尖叫声，连老师也备受鼓舞。我告诉他们，胡歌曾是我高中时期的偶像，只要努力，有一天也许可以跟偶像一起工作，甚至成为朋友。在家乡的这场演讲变得更为特别，因为我曾跟台下的学生一样，迷茫而又无助。但得益于这个伟大的时代，国家的繁荣昌盛，社会的稳定，让每一个平凡人都有追求梦想的权利。更让我没想到的是，演讲结束后，全体1451名学生给站在台上的我表演了手语操《感恩的心》。那一刻我泪流满面，他们带给我的感动，远远超过我这两个月能为他们做的事。

不承想这场演讲在当地引起了热议，随后铜仁市第二十一中学、铜仁一中也分别邀请我去作演讲。看到孩子们对未来充满期待的眼神，那一刻我更加深刻地认识到为何要进行文化传承，因为作为公众人物，会影响很多人。如果这个行业都充斥着负面舆论，那确实会对孩子产生不良影响。

11月19日是我在学校工作的最后一天，因是周六，学校补课到下午两点便结束了。本计划趁着放学早，跟着校长、老师、团区委书记继续一起去家访，不料两点半的时候校长将我请到党员活动室，我这才发现，教育局局长和教师科的科长也一起来了，他们给我办了一个送别仪式。本以为只是大家交流心得，没想到教育局局长却宣读党组会议的决定，聘请我为十七中的名誉校长，并颁发聘书。那一刻的感动已无法用言语形容。我们做创作的，都说"金杯银杯，不如老百姓的口碑"。我想，那份聘书，既是对我挂职工作的认可，也是一种鞭策，更是激励，鞭策着我必须继续努力，为乡村教师发声，为乡村的孩子发声，让社会给予他们多一点关注和帮助，激励我要用好手中的笔，书写社会中的正能量。随后，他们还给我颁发了9月份因为新冠肺炎疫情而延误的教师节表彰——尊师重教奖。这个表彰是当地区委和区政府颁发的，事后我得知，体制外人士就这么一个名额。但我知道，我做得还不够，唯有继续努力，才对得起这份认可。

　　当天晚上，教育局局长、学校班子成员和教师代表邀请我共进晚餐。席间大家畅所欲言，谈论着如何办好易地扶贫搬迁学校，最后大家的共识就是，乡村要振兴，这些搬迁的老百姓要不返贫，最终还是得靠教育。只要一个家庭能有一个学生读大学，大学毕业后找到一份相对稳定的工作，那么就能改变整个家庭，甚至家族的面貌。有了这个共识之后，我们每个人都意识到自己肩上的责任。而我能做的，便是回上海之后，为十七中联系一所愿意定向帮扶他们的中学，让山里的孩子和老师可以到上海甚至北京这样的城市去看看，或许他们也可以跟当年的我一样，种下一颗梦想的种子，然后为之努力，让梦想开花结果。

　　临别时，那对双胞胎兄弟来住处送我。他们说："老师，我们能抱抱你吗？"我将两个孩子紧紧揽入怀中。他们又说：
"您不会像我们的爸爸妈妈一样，走了就不再管我们了吧？"
那一刻，我内心所有的坚强都被击得粉碎。不知何时，我竟成
了他们心中的依靠、港湾。

　　离别时，还有一份感动源自共青团铜仁市万山区委员会书
记张艳华先生，他特意给我手写了一封信，里面写了他从听闻
我的事迹到如今变成和我一起去家访、做公益的"战友"的历
程。彼时他在我的老家做扶贫干部，一次偶然的机会去我捐赠
的茶店小学多媒体教室开会，据他们所言，那间教室是当地最
好的一个地方。他在墙上看到学校对我的介绍，觉得很是感动，
所以后来每次去开会，他特别叮嘱村干部们不要在里面抽烟，
下雨天记得把鞋子清理干净了再进去。这解开了我心中的疑惑，
因为那间教室已经建成六年了，我这次再去依旧像新的一样，
原来是有许多像张艳华先生一样的人，共同呵护着那间教室。
我感动的是，当地还有许多有意愿去改变家乡面貌的青年干
部，我相信在党和国家的领导和关怀下，再加上像张艳华先生
一样的热血青年持续不断地努力，这片土地一定会振兴。

　　分别时，万山区教育局局长张博竣说："我们希望'名誉
校长'的身份可以成为一根风筝线，无论您在外飞得多高多远，
都要记得回来看看，看看这些孩子，看看坚守在这片土地上的
乡村教师。"至此，我将自己的挂职工作画上一个逗号。明年，
我将带着电视剧《春风化雨》回去拍摄，我要号召身边的爱心

人士，持续地去关爱那片土地上的学生、老师。

最后，再次感谢国家广播电视总局电视剧司给予的这次挂职机会，感谢贵州省广播电视局的协调，感谢上海市文化广播影视管理局电视剧处对这个选题的推荐。接下来，我将带着感动，带着老师、学生的叮嘱和爱，潜心完成剩余剧本的创作。

2022 年 11 月 21 日星期一，写于返沪高铁

从天马行空到脚踏实地

——电视剧《春风化雨》编剧的成长路径

时光若倒流十几年，秉性中携带的乡土气息或许是我想竭力隐藏的；如今走过而立之年，在走向不惑之年的半途中，我对自己的出身怀抱敬意。因为，种种强烈的写作欲望，从这片曾经厌倦、逃离、不愿面对的土地里无法克制地破土而出。有一刻，我觉得，物理空间上的距离，不知不觉给了我一个重新审视家乡、审视自己的机会。身体渐远，心灵趋近。

然而，我也从周遭形形色色的人群中得到了些许截然不同的反馈。身居都市的男男女女，对于乡村依旧抱着固有的刻板印象。在很多时候，大家脱口而出的是"农村"，而不是"乡村"，且"脏乱差"也好像成为他们眼中"农村"无法褪去的标签。在我看来，"农村"更多是一个经济概念，偏向于"农"；而"乡村"是一个文化、社会概念，意在于"乡"。党的十九大报告开始把中国"农村"的称谓在乡村振兴战略的相关文件中恢复为"乡村"，以"一字之差"，再现了费孝通先生笔下的"乡土中国"，传达了新时代中国发生的山乡巨变。不管你看没看到，她已经随历史款款走来。故而这种刻板印象，应该被打破。

再走出国门，我依然时不时感受到类似的刻板印象。在瑞士旅行时，遇到一位来自中国台湾的导购，因同样说中文，我们迅速热络地交流起来，她问了一个令我哭笑不得的问题："北京商场的卫生间，隔间有门了吗？"细问之下才知道，她上一次到北京，已是 20 年前。很显然，她并不了解当下的中国大陆到底有着怎样翻天覆地的变化。而她，也已经在瑞士生活了 10 年。纵然互联网将触角伸到天涯海角，信息越发透明，但人心中的某些固有观念根深蒂固，难以改变。而这种刻板印象，也终将被打破。

而打破，也是一种挑战。此前的我，以创作古装仙侠、古装偶像剧为人所知，如《花千骨》《醉玲珑》《千古玦尘》等，在天马行空的浪漫想象中完成自己的个性表达。但当此类创作大量占据我的生活时，一种"无本之木、无源之水"的空洞感席卷而来，我必须从中解脱。当这种想法撞上了从故土中萌发的强烈写作欲望，首部乡村振兴题材网络剧《在希望的田野上》、乡村教育题材电视剧《春风化雨》应运而生。

2018 年，我收拾行囊重返贵州铜仁老家。在那里，我认识了一个焕然一新的家乡，以"采访""体验生活"的方式和自己的家乡进行了数次"彻夜长谈"。我发现自己的高中同学，甚至是比我还小的"90 后"，成了精准扶贫、乡村振兴工作的中坚力量，甚至是主力军。当周围的人搭乘高铁、长途汽车越过武陵山脉的阻隔时，他们从外地回来，逆向而行，数年如一日，才打造出如今的乡村。他们的愿望也很简单，只希望远离乡村的他者，在凝视这片土地时，看到的不再是"脏乱差"。他们做到了，倒逼着我也要做到——以谦卑的心，落地的笔，娓娓讲述他们的故事，讲述乡村的

剧照：钟玉科老师帮助学生下田插秧

故事，讲述中国的故事，让全国观众甚至外国友人，听到"贵州"二字，想到的不再是"天无三日晴，地无三尺平，人无三分银"，也可以是田园牧歌，是世外桃源，是治愈，是心安。

《在希望的田野上》收官之际，我又马不停蹄地返乡，再度进行田野调查，体验生活。若说《在希望的田野上》的创作将目光集中在乡村的"面"上，那么2021年开始酝酿，2024年8月27日播出的电视剧《春风化雨》则聚焦在"点"上。

这个"点"就是乡村教师群体。这群人，值得历史聚光灯的照耀。因为在家庭教育较为缺位的乡村，他们是时刻补位的选手。张桂梅式的功勋级人物，是时代的楷模，而默默奉献的普通乡村教师，亦是平凡却非凡的大多数。

知名纪录片导演周轶君走访芬兰、日本、印度、以色列和英国五个国家，拍摄了《他乡的童年》，探讨了异国他乡多元的教育体制和理念，提出了许多值得深思的议题。但反观我国，没有一个国家可以做到彻底地举全国之力，以一个完备的体系，不遗余力地缩小区域教育差距，保障各个层级的教育。这是我们的传统底色，也是我们的中国特色。

说回自身，我也是在乡村教育滋养下长大的孩子。在用铝制饭盒蒸饭的年代，我生命中出现了一位又一位鼓励我、支持我、资助我的极为朴素的老师。我时常在想，师恩何以报？但诸多老师却笑言，若不是我提起，他们已然忘却自己曾经帮过我。于是，我在脑海中将日历一页一页往回翻，那些曾经的校园记忆依旧"滚烫"，我要趁着"滚烫"写下来，就当是给老师的一句"谢谢"，一个"鞠躬"，一个"拥抱"。

从《花千骨》到《在希望的田野上》《春风化雨》，于我而言，是从天马行空到接地气；于我的家乡而言，是"春风已改旧时波"。这些日新月异的变化，正如《诗经》中那一行行绝美的字句，需要我们像采诗官一样，潜心采集。当看到网友在评论《在希望的田野上》《春风化雨》时说"拍出了乡村的美""治好了我的城市空心病"，我想我的努力有了一点点回报，也为"多彩贵州"增添了一抹色彩。

诚如习近平总书记所言，文艺创作方法有一百条、一千条，但最根本、最关键、最牢靠的办法是扎根人民、扎根生活。这警醒着我们每一位创作者，应当去生活中看看真实的人民生活，打破自己、打破他者对于乡村、对于中国的刻板印象，从而推动中华优秀传统文化的保护与传承，增强中华文明的传播力、影响力，向世界展现一个真实、立体、全面的中国。

歌颂仁而爱人的职业

——电视剧《春风化雨》故事大纲

教育是一门仁而爱人的事业，渡人渡己。

——题记

铜江市顺安县的和平中学是一所典型的建在大山脚下的乡村中学，正中央是一栋四层高的"凹"字形教学楼，中间是教室，其余两边是行政办公室。教师宿舍是一栋四层高的、沿山而建的简陋楼房。

2012年6月，正值盛夏，学生在34岁的教师安颜的带领下，正围着操场跑步晨读。此时的安颜已然褪去她初到农村时的稚气，显得成熟稳重。看着学生在晨光下奔跑的身影，听着琅琅的背书声，安颜露出了笑容。

忽然，队伍中发出一声惊呼，队形被打乱了。安颜回头，只见学生裴方慧跪在地上呕吐起来，随即又有几名学生出现了同样的情况。安颜见状，当机立断送学生前往卫生院。医生表示，这种情况很有可能是食物中毒。安颜意识到事情的严重性，折返学校，配合卫生部门，经过一番排查与推理，迅速找到了食物中毒的源头——小食堂个体户卖的早餐。安颜认为，在这大山里，孩子们的食品安全问题不容小觑，于是顶着压力举报了出问题的摊位。经此事后，学校也决定整改食堂。

剧照：安颜老师处理学生食物中毒的问题却遇到金花婆婆撒泼打诨

危机暂时解除后，安颜照例邀请学生来到教师宿舍。安颜住在四楼一间简单的一室户。一进门，便是一组上下铺，下铺用来睡觉，上铺用来摆放书籍。除去一张破旧的木书桌，再无其他家具。再往里，是一个极窄的厨房和卫生间，整个房间不过 40 平方米。

这间看似不起眼、稍显拥挤的屋子，却常常挤满安颜的学生，这一天也不例外。安颜此刻刚刚炒好满满一大盆蒜苗回锅肉，用铝制盆子装好端上桌。裴方慧、何广然等五个学生也都恢复了身体状态，一边搭手，一边心照不宣地从各自的书包里掏出各种瓶瓶罐罐，里面装满了各式各样的酸菜，有自家挖的野葱制成的野葱酸，有家里爷爷奶奶腌制的青菜酸、干萝卜酸，还有下饭的酸豇豆。安颜熟练地将酸菜一一收起来，然后给每个学生的碗里夹满了热腾腾的回锅肉。

就在这时，现任校长周圣杰联合已经退休的老校长符胜治，把安颜从宿舍叫到办公室，想游说安颜担任和平中学分管后勤的副校长。

原来，国家启动了"农村义务教育学生营养改善计划"，由中央财政直接拨款，用于改善学生的饮食条件。这是一项惠民的工程，但也容易滋生腐败，加上近期食物中毒事件的发生，学生的饮食安全问题需要足够重视，学校急需一名靠得住的人来挑起这个担子。在符校长的大力推荐下，周圣杰决定起用责任心强的安颜来担任此项工作的负责人。安颜闻罢犹豫不定，担心兼职后在教学上分身乏术，因此并没有立即答应周校长的请求。

安颜回到宿舍与学生吃过饭告别后，正遇长大后的学生张楠回校看望。张楠得知安颜的迷茫后笑言，不论安颜身处什么职位，她都会一心为了学生，学生也需要安颜，既然有机会改变，为什么不去做呢？

张楠还注意到，如今安颜仍保留着用酸菜换肉的传统，没想到这个传统一坚持就是十几年。每当在家访中遇到家庭经济困难的学生，无论成绩好坏，安颜都会让学生每个月带上自家的酸菜，来跟自己换每周一顿肉吃。但这传统的形成，还要追溯到安颜刚到和平中学那会儿。

一次，安颜到学生田如林和张楠两家家访。安颜先到了田如林家，他是家中的独子，父母皆是老实本分的种地人，两人还算勤劳，因此家里条件还算不

花絮：一场新年戏拍摄后，演员们展露笑颜

错。田家父母对孩子的期望并不高，只是希望他能读完初中后出去打工。安颜说尽管现在不包分配了，但多读书总是没错的，希望田如林可以好好努力，考取五年制大专或就读普通高中，这都是不错的选择。但田家父母毫无意外地显得兴致索然。

在安颜结束对田如林家的家访后，打算去张楠家时，田如林在领她去的路上却说一会儿还是请她到自己家吃饭。安颜好奇地问起原因，田如林支支吾吾说因为张楠家没肉。安颜到了张楠家才知道，何谓"没肉"。

张楠跟着奶奶一起生活，村子自然条件恶劣，幼时母亲因为跟村里的人争水过失伤人进了监狱，父亲为了还债常年在外打工。奶奶年逾六十，还养了两头猪。安颜去的时候，张楠正在看母鸡孵蛋，这也给了安颜很多感触，她猛然感觉到乡村教师之于学生就像母鸡孵蛋一样。见安颜来了，张楠很是羞涩，热情地给安颜搬椅子、倒水。安颜跟奶奶交谈时，张楠则负责煮猪食、烧饭，而张奶奶说得最多的，就是张楠这孩子命苦，但是很懂事，很努力。让安颜意外的是，尽管张楠家里条件艰苦，有着诸多不幸，但从张奶奶的言辞与表情中，她看到的更多是乐观与平静。安颜看着张楠忙前忙后，看着这样乐观的奶奶，突然明白了：在这样的家庭里，为何能培养出小升初考试全镇第一名的孩子。

眼见到了吃晚饭的时间，张楠怕安颜饿着，催她去田如林家吃饭。但是张奶奶却很大方地留安颜在家吃饭，安颜遂决定留下。吃饭时，张楠全程闷头吃饭，没有跟

剧照：安颜老师看到学生张楠在刻苦学习

安颜说一句话。安颜知道，张楠感到愧疚。可就在此时，田如林兴冲冲地端着一盘炒腊肉来了，说要跟他们一起吃。张楠这才抬起了头，嘴里还抱怨田如林没把老师留住，下次不给他看作业了。那一刻，安颜心里十分难受，她难以想象，十三岁的张楠，自尊心到底经历了怎样的煎熬，才等来田如林端着一盘肉"解救"自己。可安颜却笑着说，自己喜欢吃酸菜。张楠和田如林都难以置信地看着她，安颜只得说，自己从小在城里长大，却喜欢吃农村的这种酸菜，还头

剧照：安颜老师到学生张楠家家访时，谎称自己不爱吃肉爱吃酸菜

头是道地说了很多种酸菜，有青菜酸、野葱酸、白菜酸……完了还舀了一大勺拌在饭里，方才打消张楠和田如林的疑虑。

安颜还在张楠的脸上看到了一点自信，因为他开始兴奋地给安颜分享自己做酸菜的方法。安颜见状，便跟张楠和田如林约定，以后每个月，他们就拿着自己从家里炒的酸菜，去她宿

舍换肉吃。她还让作为班长的张楠在班里统计其他没有肉吃的同学，让他们也带着酸菜来跟她换一顿肉吃。安颜没想到，这个传统一传就是十几年，从未间断。但学生都不知道，安颜其实并不喜欢吃酸菜。这十几年，在安颜亲自制造的这场美丽的误会里，学生用酸菜换来的不只是一顿平时家里一年都难吃上一顿的肉，还有那脆弱的自尊心以及亲人般的温暖。

现在回想起来，安颜觉得这十来年宛如一场梦。在与张楠长谈后，安颜决定接下副校长的职位。安颜对周校长直言，自己眼里容不得半点沙子，如果让她管理后勤，可能别人一点油水都没法捞，会得罪很多人。周圣杰对眼前这位豪爽的老师心生敬意，当即表示在确保食品安全和学生营养的前提下，一切由安颜说了算。

后来的事实证明，符校长和周圣杰的选择没有错。安颜担任分管后勤的副校长后，采取厨师竞争上岗、食材采购与农民直接对接的方式，将营养午餐改善计划快速落实。这样雷厉风行的作风，自然触动了原有关系户的利益。安颜也遭到了质疑、辱骂甚至泼脏水。先前被举报的摊主王金花前来报复，但安颜不为所动，依然坚持自己的决定。因为，在安颜看来，只要能为学生带来切实的好处，一切困难和辛苦于她而言都值得。

然而这时，一个回城任教的机会打乱了安颜的节奏。安颜的丈夫卢广斌带安颜面见新征途中学的校长万黎明，万黎明提出丰厚的条件，希望安颜能到自己的学校任教。也是经过这次会面，卢广斌才得知安颜已经是和平中学的副校长。安颜礼貌地回绝了万校长的邀请，转头夫妻二人便争吵起来。卢广斌道出苦衷，细数多年来二人分居两地的不易，认为安颜忘记了当年答应他回城的承诺。安颜一时语塞，回想十来年前，她根本没有想到自己会在和平中学待这么长的时间。

时间回到 2001 年 6 月，安颜身为最后一批毕业包分配工作的师范生，本应当年就安排工作的，但由于教师岗位有限，未能及时安排，一直拖到 2002 年 8 月才正式接到市教育局的通知，被派往铜江市顺安县的和平中学。面对这样没有选择的结果，在那个宛若蒸笼的夏天，在父母的争执声中，安颜拖着行李箱悄然离开了家。父母争吵的焦点源自母亲何志芳希望安儒风这个当扶贫办副主任的丈夫，可以去市教育局活动活动，将女儿留在市里的中学工作。面对妻子的指责，安儒风轻描淡写地表示要相信组织，组织一定会给女儿一个公正、合理的安排。

顺安县是国家级资源枯竭型贫困县，离市区三个多小时车程。和平中学的条件更是出了名的艰苦，那里是苗族、侗族、土家族、仡佬族、布依族等少数民族聚居区，学校有 90% 的学生都来自农村。何志芳本就和丈夫长期两地分居，她在市人民医院工作，安儒风则在乌江县，进城需要六个小时。现在连女儿也要离开了，一个家庭，三地分离，这是何志芳无论如何都难以接受的。

尽管安儒风再三强调因为是最后一届，能够安排工作已是幸事，但何志芳坚定地认为，这是安儒风为了自己的政治前途而明哲保身之举。若换作别人，可能会不惜一切让女儿留在市里工作。

安儒风无意与何志芳争吵，执意送女儿去车站。安儒风本对安颜有些愧疚，没想到安颜却主动开解父亲，表示自己去和平中学，正好也可摆脱母亲的"控制"。父女二人相视而笑。安颜也敞开心扉，表示自己从小到大，多少对父亲忙于工作而疏忽自己有些埋怨，但自己如今已经长大，可以放下这些心结，独自迎接未知的挑战。安儒风深受触动，感慨自己也出身农村，深知一个好的老师可以改变很多农村学生一生的命运。既然安颜去了农村，便可以帮助一些人走出大山。但他也告诉安颜，农村条件艰苦，如果有一天坚持不住了，父亲随时都会站在她身后。安颜为父亲的言语所感动，也明白了他常年驻守乌江县而不愿离开的原因。父女二人心照不宣，轻轻拥抱在一起。此时，一个

剧照：安颜老师来到学生家的稻田帮助插秧

年轻阳光的男子赶来，羞涩地跟安儒风打招呼，他正是安颜大学四年的男朋友——卢广斌。

安颜与卢广斌相恋多年，这也是卢广斌第一次见安颜的家长。但眼前，安儒风即将和女儿告别，便也没有过多为难卢广斌。安儒风带着他们来到和平镇，这是一个在矿工聚集的基础上建起来的镇子，因此建筑风格以苏联式的矿厂、矿工宿舍为主，而和平中学建在和平镇牛郎山的山脚，和平镇街道的尽头。

临近傍晚，安颜告别父亲，与卢广斌一同来到和平中学。接待安颜的是分管后勤的副校长钟玉科。钟玉科带着二人来到给安颜腾出来的宿舍。走进门，破旧简陋的房间映入眼帘，许是很久没人居住的原因，一开灯便见几只老鼠快速地跑开，把安颜吓得不轻。钟玉科有些惭愧，表示这已经是学校能拿得出手的最好的宿舍了。卢广斌很是心疼安颜，忙里忙外帮安颜布置好了宿舍，并承诺每周五都会来接她回城。

从那之后，卢广斌果然遵守承诺，每周五放学，都会在校门口等着安颜。夜里，卢广斌骑着摩托车载着安颜行驶在山间小路，迎着风，二人聊天说笑，规划着未来……两人从此成了"周末夫妻"，距离虽远，但心却很近。卢广斌觉得一旦有了进城的机会，安颜就会申请，最终两人可以一同在城里工作生活，不用两地分离。

卢广斌出生在农村，骨子里却对农村有着天生的厌弃。他跟安颜从校服到婚纱，也有了一个可爱的女儿暖暖，但婚后生活并不是像他想象中的那么完美。安颜也没想到，到和平中学后的种种见闻，遇到的形形色色的学生，接触的各式各样的老师，逐渐洗涤了她的心灵，让她越来越难割舍这片土地。

一直以来，卢广斌想尽各种办法劝说安颜进城：给安颜介绍待遇更好的私立学校、和丈母娘何志芳一起联合劝说、用女儿暖暖的成长作为说辞……安颜经常背负着巨大的心理压力，也不时会怀疑自己的选择。但怀疑之后，她越来越清楚地认识到，自己已无法撇下学生，说走就走。曾经也有进城的机会摆在她面前，但她却把机会让给了更需要的人。因为工作性质，她与丈夫卢广斌常年城乡两地分居，两人的工作也愈加繁忙。直到如今安颜升任副校长，两人再度因为安颜是留在农村还是想办法调进城的问题而争吵，婚姻的裂痕正悄悄撕开。

这次吵架之后，卢广斌一气之下借口加班离开，安颜也没有阻止。可当安颜带着孩子去广场上玩时，却撞见卢广斌跟别的女人拉着手逛街，还是暖暖一眼在人群中发现了他，叫了声"爸爸"。安颜和卢广斌两人四目相对。

安颜当下无话，只说一切回去之后再说。回到家后，安颜不哭不闹，只问卢广斌为什么。卢广斌坦言，无法接受长期两地分居的生活，而安颜只在乎她的工作和孩子，不在意丈夫。

安颜接受了这个理由，也很冷静地提出离婚：两人一起贷款按揭的房子自己可以不要，因为卢广斌出钱多，但孩子必须归自己，卢广斌可以定期探望孩子。卢广斌理亏，也答应下来。

安颜内心复杂难言，但事已至此，也知道难以回到过去，唯有咬牙面对。她独自带着孩子重新回到和平中学，一边照顾孩子，一边带领学生冲刺中考。好在新来的支教老师丛俊生随后成了安颜的徒弟，在她忙不过来的时候，丛俊生会主动搭把手照看暖暖，而暖暖也很喜欢这个叔叔。

剧照：安颜离婚后得到母亲与女儿的支持

丛俊生毕业后，原本在铜江一中初级中学担任物理老师。为了顺利评上职称，他申请到位于乡村的和平中学支教一年。

丛俊生本想通过"上课"这条捷径顺利通过学校考核，没想到安颜出于学校研究的需要，安排他带领学校老师做课题。一心想评职称的小心思很快被安颜与周校长识破，丛俊生一时羞愧难当。其实，丛俊生此行也并非一味为了职称评定而来，他也想借此机会提升自身教学能力。他的真诚最终打动了周校长，于是他获得了跟安颜学习班级管理工作的机会。

但此时安颜却惊奇地发现，有的老师偷偷在宿舍或家中"开小灶"，给学生进行有偿补课。安颜知道这一点，还是因为班上的学生裴方慧。裴方慧原本一直是班里的第一名，近来上课却精神不济，考试成绩第一次跌落到第三名。这引起安颜极大的关注，问起原因，原来是裴方慧给自己的压力太大，看到别的同学都去老师家里补课，而自己交不起补课费，所以每天都学到很晚，生怕成绩掉下来。可越是如此，越影响学习效果。

安颜对此十分关注，反映到校长周圣杰那儿，周圣杰组织会议严肃讨论此事。会上，安颜和钟玉科都反对有偿补课。可英语老师陆敏却不干了，身为特岗教师，她的工资很低，而且即将结婚，面临购买婚房的压力，但丈夫的薪资还没有自己多，好不容易多了一点收入，却被安颜搅黄。她言语中抨击安颜，自己不赚钱，但别拦着别人，大家都在偷偷开课。安颜却觉得这对农村孩子不公平，应该让大家站在同一起跑线上。陆敏却觉得哪有什么公不公平，有钱为什么不可以享受不一样的待遇？安颜认为这是学校，不能等同于市场，当即表态，如果无法接受自己的理念，那么就不适合带自己的班，甚至不适合留在和平中学。周圣杰校长最后决定严禁在校任课教师私自开班补课，否则将按照校规给予开除处理。哪知没过几天，陆敏直接辞职，去了市里的私立学校。

陆敏离开那天，许多学生为她送行。安颜心里很清楚，对于学生来说，朝夕相处的老师突然离开，必定会对他们的情绪造成很大的影响，从而影响学习成绩。安颜和钟玉科便提出组建助学小组，并在会议上号召学校老师主动为有需要的学生免费补课。这个建议仅得到周圣杰、钟玉科、安颜和丛俊生响应，其他老师的热情并不高。钟玉科和安颜便将于阗老师的事迹讲给大家听，并诚恳地请求大家加入助学小组。众人听后十分动容。安颜也袒露心声，自己之所以能够留下来，是因为当年刚来和平中学时发生的两件事，其中一件就与于阗老师有关。

2002 年 8 月的暑假，安颜刚到和平中学不久的一天早晨，被钟玉科的敲门声吵醒。钟玉科直言学校的于阗老师去世了，因为还没开学，很多老师都还没返校，想请她一起加入学校治丧委员会。安颜闻声惊讶不已，在她二十三年的人生经历中，葬礼参加过几次，但治丧却从未有过，更何况是给一

剧照：安颜老师和学生一起劳动

个素未谋面、全然不了解的人治丧。初来乍到的安颜一时无措。尽管如此，安颜还是应承下来，配合学校的安排。安颜没想到，刚到和平中学的这次治丧活动，让她深刻体会到"乡村教师"这四个字的深刻内涵。

　　于阗老师是和平中学的精神领袖，十九岁师专毕业就在和平中学任教，教龄四十一年，刚退休半年便去世了。之所以说他是精神领袖，是因为他将自己的一生都奉献给了这所学校，终生未婚。他接触最多的是学生，将困难学生领到家里吃饭，那是常有的事儿。他甚至还拿工资资助毕业的学生读高中、上大学。在和平中学，要说"桃李满天下"，最有资格的便是于阗老师。

　　钟玉科领着安颜来到了于阗老师的家，向和平中学校长符胜治和其他老师介绍了安颜。安颜礼貌地和大家打了招呼，还从众人的言语中得知，于阗老师祖籍湖南，父母去世以后，在当地便再也没有亲属了。来给于阗老师操办丧事的，除了老师，剩下的全都是村里自发来帮忙的老百姓。说起于老师，大家无不对他赞誉有加。

　　钟校长发现安颜很细心，便把整理于老师遗物的任务交给她。可是安颜却惊讶地发现，于老师的存折上只有新发的一个月三百多元钱的退休金，除此之外，别无长物，几乎可以用家徒四壁来形容。书房内除了学生的照片，便只剩书了。安颜看到角落里放着整整一书架的信，好奇地拆开来看。原来这些都是当年于老师和他资助的学生的往来信件，每一封都情真意切，感人至深。看着于老师曾经教过的学生分别走出大山，从事着各类职业，去到了世界的各个角落，安颜忍不住流泪。此时此刻，这位素未谋面的前辈，让安颜深刻体会到了，在大山

剧照：安颜老师在整理于阗老师遗物时，发现学生寄来的大量信件，感动落泪

里，为人师的重量与意义。

　　于老师拮据的存款让钟玉科犯了难，要操办一场丧事，三百多元钱是完全不够用的，连买一口好棺材都不够。更何况，和平镇党委书记石钟山给于老师以前的学生发电报、打电话，收到通知的，都说要来。此外，副部级干部王建军也特意要从北京赶回来。大家都认为，这场葬礼得好好办。可镇上的财政

一直处于赤字状态，哪里来的钱？众人纷纷自掏腰包，却还是差不少。就在大伙儿正为筹措治丧的经费而焦头烂额时，村民们主动说，吃的喝的，各家包了。他们说这个村里凡是家里有学生的，都得到过于老师的指导，于是直接杀了两头猪来做招待。接着，一些近处闻讯赶来的学生，根据自己的实际情况，纷纷拿钱出来。最后村党支部书记杨秀山表示，自己没有什么钱，但前些年用杉木打制了一副好棺材，就给于老师用，这也是他跟于老师的缘分。安颜很是震撼，她曾在农村生活过，知道一副棺材对于农村老人的分量，知道这是杨秀山对于老师的最高敬意。

而安颜也被委以重任，负责接待外地来参加于老师葬礼的人。三天后，按照当地的习俗，葬礼正式开始，于老师的学生也纷纷到场，从灵堂里面一直跪到了院子里，每个人都戴孝，哭成一片。杨秀山告诉安颜，这是他这辈子见过哭灵的人最多的一次。这点安颜清楚，足足六十八人。但当法师问起谁为于老师持招魂幡时，学生却争执起来，有的说自己是于老师教的第一届学生，有的说自己是于老师最关心的学生，争先恐后地当孝子，这再度令安颜感到震撼。

学生都争着抢着要给于老师守灵，但是灵堂里根本容不下那么多人，和平中学校长符胜治也难以劝说他们回去休息。安颜见状，称自己负责整理了于老师的遗物，发现大家写给于老师的信都留着，但是信都在招待所，建议大家回去找找有没有自己的信，留着做个纪念，也算是对于老师的缅怀。就这样，大家才依依不舍地离开灵堂。

送完众人回招待所，安颜和石钟山在门口等候最后一位学生——王建军。安颜早在寄给于老师的那叠明信片里"见"过王建军，并且亲手将那张明信片交给了他。

剧照：农家晾葱

王建军看着明信片，感慨万千。此时已是深夜，石钟山本想请他先去招待所休息，却遭拒绝。王建军执意要先去灵堂看望老师，为老师上一炷香。王建军问石钟山，他曾和镇上打过招呼，要将于阗老师调进城里，为何这么多年过去了，他依然在和平中学任教。石钟山坦言自己劝过好多次，但每次都被于老师劈头盖脸地骂回去，于老师表示农村的孩子更需要他。王建军心系母校和平中学的建设，特地约见了铜江市市长王启发，沟通了学校一直批不下来的教学楼重建事项，最后强调了乡村教育的重要性。于老师走了，王建军一直担心乡村教育后继无人，希望当地政府能够善待扎根乡村的教育者。最后王建军看向安颜，对她报以期望，他说起了于老师曾经说过的话："乡村教师，就像是老母鸡，孩子们就是蛋。能'孵'一个出来，农村就多一分希望……"

安颜闻罢，深受触动。她回想今天发生的一切，脑海中已经勾勒出于阗老师生前的形象：与学生同吃同住，不仅要教学生课堂的知识，农忙时，还要组织大家去学生家里帮着干农活；学生不想读书，于老师便用麻绳绑着带回来；学生跟外面的人打架，于老师先帮着学生把外面的人赶走，关上门，再教育学生好好学习；学生没衣服穿，他给买衣服；学生没钱，他定期寄钱。当然，他对学生好的条件只有一个：好好学习。

安颜对这位逝去的于阗老师，充满了敬畏。"老师"这两个字，因为这场葬礼而变得异常沉重。

正是这份敬畏，陪伴着安颜走过了十几年。这十几年来，安颜为人低调，对学生的好只默默付诸行动，从未大事宣扬。但是长期以来的出色表现，已经在领导和学生的心里留下了不可磨灭的印象。周圣杰闻罢又问，那么第二件事是什么？安颜笑了笑，表示影响她的第二件事和一名校长有关，此人正是符胜治。

原来，安颜刚到和平中学时，简陋的生活环境并没有难倒她，真正让她头大的是，和平中学时任校长符胜治竟毕业于体校，是一名不折不扣的体育老师。安颜无法想象体育老师如何能够担起管理学校的职责，两人在教学理念方面产生了分歧。符胜治"军训""内卷"式的管理办法让安颜感到窒息，每天早上老师大多还没睡醒，符胜治便拿着扩音器在学校里喊学生起床，夜里老师见符胜治办公室没有关灯，也都只好一同耗到十二点。为了有充足的休息时间，安颜直截了当地提出建议，希望符胜治能够体谅一下这些老师，没想到符胜治真的照做了，但他自己仍然坚守到深夜，直到大家离开，再默默地关上每一盏灯。安颜见到此景，反倒有些惭愧。符胜治用实际行动，向安颜传递了"守"的精神，深深打动了安颜。正是在符校长的影响下，安颜才坚守至今。

几天后的一个夜里，安颜和丛俊生刚刚检查完学校卫生，一个学生匆匆跑到他们面前，告知丛俊生班上的

剧照：丛俊生老师巧借物理原理演绎徒手劈砖，引发学生的兴趣

李颜俊被派出所的人给抓了，两人惊愕不已。原来，李颜俊因不满室友罗小贤成日炫耀他的 iPod Nano 5（MP3 音乐播放器），觉得城里来的罗小贤看不起他们农村娃，便将他的 iPod 偷走，希望出口恶气。和平镇派出所所长连田发巡逻时发现李颜俊在上课时间在校外拿着 iPod 当街售卖，起了疑心，上去询问，没想到真是偷的。安颜和丛俊生赶到派出所，弄清事情原委后，这才将李颜俊从派出所带回学校。

安颜让李颜俊将 iPod 交还给罗小贤，并向他道歉。李颜俊不从，说罗小贤常常说他们又脏又臭，他气不过，才一时鬼迷心窍。安颜当即承诺会找罗小贤谈话。可等安颜找了罗小贤，才了解，李颜俊等人确实生活习惯不好，不怎么讲究卫生，不常洗澡也不常洗衣服，罗小贤对此实在难以忍受。不料，这一切却被李颜俊无意间听见，更发现前几天自己寝室被扣分，也是因为罗小贤告状，心里狠狠记了一笔。安颜十分无奈，但还是告诉罗小贤，如果再有这样的情况，可以注意沟通技巧，不然可能会引起误会和矛盾；同时嘱咐丛俊生要时刻注意罗小贤和李颜俊的关系，别再让矛盾激化。

但丛俊生还未来得及行动，一个晚自习后，两个孩子便在校门口因口角打了起来。保安见状，一边劝阻，一边打电话通知安颜。当晚暖暖发热了，安颜实在走不开，便打电话请求钟玉科帮忙。钟玉科赶到时，丛俊生正在批评教育两人，尽管如此，他们看着彼此还是一腔怒火。钟玉科了解情况后，一开始也还好言相劝，对倔强不认错的李颜俊指出："讲不讲卫生，跟出身农村没有关系。"李颜俊仍是不服气，钟玉科见他如此固执，径直回到办公室，取了自己的竹鞭要打李颜俊，并再三告诉他不要转身。丛俊生见状，还没来得及阻止，便见钟玉科打了下去。李颜俊吃痛，丛俊生再次表明立场，反对体罚，钟玉科却说"棍棒底下出好人"，他们这一代人都是被打大的。谁知李颜俊挨了三鞭之后还是忍不住转身，结果因为李颜俊穿的是短裤，竹鞭直接将李颜俊的腿打出了血。钟玉科立即背着李颜俊到医院进行包扎。回

剧照：学生李颜俊受伤后，钟玉科与丛俊生两位老师急忙送其就医

校路上，钟玉科耐着性子和李颜俊谈心，通过自己的成长经历给他讲道理：尊重不是靠拳头打来的，而是靠优异的学习成绩和良好的行为习惯赢得的。虽然他拿罗小贤的东西没有卖成，但事实上，已经犯法了，要是"进去"了，才是真的会被人瞧

不起。李颜俊没说什么，但这一番苦口婆心的话，他默默地听进心里去了。

李颜俊的改变被家长看在眼里，得知是钟玉科一顿教训教育好了孩子，家长不仅没有埋怨钟玉科，周日返校的时候还让李颜俊带了自家榨的菜籽油、腊肉和五十元钱医药费给钟校长。钟玉科得知，将油和腊肉收下，钱则还给李颜俊，并告诉他这钱不是白给的，让他以后要每天洗脚，每周至少洗两次澡。

本以为这件事已顺利解决，哪知当时钟玉科打李颜俊的画面被罗小贤用手机拍了下来，还发到了微博上。发者无心，看者有意，此事竟"一石激起千层浪"，不明就里的网友误会钟玉科师德有亏，纷纷"人肉"钟玉科的信息，要求严惩。教育局得知此事后，迫于压力，约谈校长周圣杰，要求学校给出一个解决方案。周圣杰表示学校会注册一个官方微博，并让钟玉科写一封道歉信对外发布，以平息社会各界的负面舆论。

钟玉科年近退休，他怎么也想不通，自己一心为了孩子，家长和学生都没有追究这件事，还感谢他，可为什么大众却不依不饶，还要求他道歉认错呢？这让教了一辈子书的钟玉科实在无法接受。

安颜见状，也很愧疚，和周圣杰再次去县教育局为钟玉科求情，想要用李家父母出具的谅解书来代替钟玉科的道歉信。县教育局对这个处理显然并不满意，表示难以平息舆论，如果钟玉科不愿意道歉，县教育局就只能直接给予处分。李家父母更是愧疚地来找学校，甚至还去了教育局，认为娃调皮，就得打。可教育局有教育局的章法，体罚终究是不被允许的，一切终成定局。安颜深刻认识到，学校乃至整个教育环境正在发生巨变。钟玉科不想自己的职业生涯里有处分，因为他没脸去见地下的于阗老师。他递上了辞职信，希望学校给自己留最后一点尊严。

钟玉科离开那天，全校师生都来校门口送他。特别是李颜俊，这一次他将自己收拾得干净利落，他不想辜负钟副校长的期望。看到李颜俊的变化，钟玉科倍感欣慰，嘱咐他要继续保持下去。就在车载着钟玉科离开的瞬间，李颜俊掉下了眼泪。学校的教师都陷入沉默之中，面对学生，他们不知是该管，还是不该

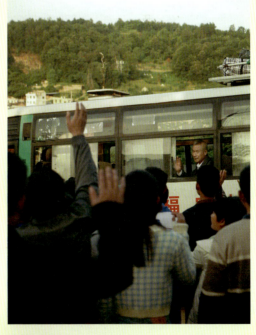

剧照：钟玉科老师离开和平中学时，学生为他送行

管，尤其是年纪大一些的教师，直呼如此下去，"尊师重教"这四个字只怕都要丢了。但毕竟时代在变，迫于社会和教育局

的压力，周圣杰不得不强调，必须改变以往的教育方式，不得体罚学生。

当大家还沉浸在对未来教育的思考中时，学生宿舍方向传来一声巨响，有人惊呼："寝室垮了！"周圣杰、安颜、丛俊生闻声脸色大变，赶紧往宿舍方向跑去。当众人赶到学生宿舍区时，只见靠近围墙的一间宿舍倒塌了一面墙。安颜惊呼，这是自己班学生的宿舍，直接推门而入，幸好没有造成人员死亡，里面唯一的一位学生何广然因被上铺床板挡住并没有大碍，只是脚受了轻伤。

剧照：符胜治校长维修校园围墙

因为这次安全事故造成了较为恶劣的影响，安颜和周圣杰又被县教育局局长王希痛斥一顿，并厉声表示分管此项工作的副校长必须撤职。安颜对此毫无意见，但也反问教育局何时才能拨款修缮学校危楼。符胜治在任期间就因为此事多次向教育局打报告，但每次都石沉大海，就在事发前一个月，安颜还就此事向教育局打了报告。这戳到了王希的痛处，他指着桌上那一叠厚厚的都是来要钱的报告告诉两人，自己也想拨款，可是教育局经费就那么一点，实在是心有余而力不足。就在办公室陷入沉寂之时，王希承诺会想办法先加固和平中学的危楼，但处分一事不容置喙，必须有人为此事负责。周圣杰和安颜都五味杂陈。

何广然虽无大碍，但因为他的父母皆在无锡打工，还没来得及赶回来，安颜便一人扛起了照顾学生的责任。从教育局回来，她去附近菜场买猪骨准备熬汤给何广然补补身子。可她万万没有想到，自己会在一家猪肉铺遇见以前的学生唐瑞雄。而他，正是这家猪肉铺的老板。

唐瑞雄是安颜带的第一届学生，家庭情况复杂，他的父亲原本是湖南人，当年母亲吴金碧去湖南邵阳打工时嫁到了当地。只是命运不济，唐瑞雄的父亲早逝，吴金碧带着唐瑞雄和女儿唐瑞芬只得回铜江老家讨生活。村里有个叫时磊的，因为父辈人口多，土改下户时分到的田地也多，奈何妻子早逝，他也一直想找个伴儿。就这样，在媒人的撮合下，吴金碧嫁给了时磊。时磊有个正在读小学六年级的儿子时运，对新来的继母和姐兄颇不待见。婚后两家的孩子多有摩擦，姐姐唐瑞芬受不了家里每天吵架，读到初三，便辍学出去打工了。家里的农活，主要落在唐瑞雄和母亲吴金碧身上。

剧照：安颜老师为救学生唐瑞雄被打伤

　　在一次与时运的冲突中，唐瑞雄没有防备，被时运叫人打伤，幸得安颜及时庇护。唐瑞雄终究无法忍受这样的身心煎熬，更不想母亲再为养活自己而寄人篱下，成绩优异的他不顾安颜苦口婆心的阻拦，毅然决然放弃了学业，只给安颜和当时的同窗好友张楠留下一封信，便离家出走，南下去打工了。

　　与唐瑞雄久别重逢，安颜很是开心。当她准备付钱时，唐瑞雄死活不肯收，双手推开安颜送上来的钱。安颜惊讶地发现唐瑞雄的左手除了大拇指，其余的手指全没了。安颜愣在当场，很是心疼，她很想知道这个曾经懂事得让人心疼的孩子到底经历了什么。但唐瑞雄只说这是他在工厂打工时受的伤，便没再多言。

　　安颜也不愿勉强，告别唐瑞雄。安颜拿着骨头汤前往医院看望何广然。知道何广然担忧即将到来的中考，安颜一边给他喂汤，一边表示自己会亲自帮他补课，也安排了其他老师轮流给他补课，劝他不用担心，只需要安心养伤。就在此时，一对中年夫妇拎着蛇皮袋和行李箱探头探脑地走了进来，这便是何广然的父亲何兴志和母亲杨碧芳。何广然刚介绍完安颜，两人便气势汹汹地将安颜手中的碗打翻，质问安颜，学校要怎么赔偿。安颜耐心解释，且好言相劝两人应该先关心何广然的身体和学习，却遭到夫妇俩的嘲讽和推搡，所幸丛俊生及时赶到，护住了安颜。面对张口闭口都是钱的何家父母，安颜只得表示自己先回学校沟通。何广然看着父母的撒泼行为，倍感自责与无奈。

剧照：安颜老师照顾受伤的学生何广然

安颜回到学校就看到宣传栏里张贴着对自己的处罚公示：因学校发生重大安全事故，免除安颜副校长一职。安颜苦笑，自嘲自己是和平中学任期最短的副校长。但她暂时没有时间思考这件事，脑子里想的还是关于何广然的赔偿问题。母亲何志芳倒是如释重负，觉得女儿卸任了也好，劝她多为自己和暖暖打算，还是要调进城去。安颜原本从未想过调进城，经历钟玉科和何广然事件后，此时也有点心灰意冷了。看着母亲和暖暖，她表示自己会考虑带完这一届初三年级的学生。

　　安颜草拟了赔偿方案，由于学校资金紧张，她只能尽可能多地从保险公司为何广然争取赔偿金，同时说服学校给予一些相应的补偿。方案最终在学校通过，但何广然父母却嫌钱少，狮子大开口要求赔偿金和误工费不低于二十万元，否则就要去学校闹事。安颜强忍着心中的愤怒，坦言如果他们对赔偿方案不满意，可以到有关部门去申请仲裁，当务之急是何广然的中考问题。没想到，杨碧芳却若无其事地告诉安颜这无须她担心，因为他们很快就会带着何广然一起去打工，厂里缺人，工资又高，比读大学好多了。安颜顿时不知该说什么，望向何广然，只见他挣扎着要起身，喊着自己不想跟着父母去打工，几乎快哭出来了，但父母对他的想法显然并不在意。

　　一波未平，一波又起。果不其然，何兴志和杨碧芳带着一群人，手握扁担、锄头等农具，在一个早上将学校大门给堵住了，扬言如果不赔偿二十万元，就要砸了学校。对方来势汹汹，安颜和保安王仁光维持着秩序，却势单力薄。人群中不知是谁，将安颜推了一把，安颜没站稳脚跟，一个趔趄摔倒在地。学生也被激怒，欲冲上前保护老师，双方矛盾一触即发。正在千钧一发之际，一辆大巴车倏地停在学校门口，一群人高马大的男子，拿着扁担鱼贯而出，冲向人群。领头的人生得孔武有力，虎背熊腰，大喊谁敢欺负他的老师，他就跟谁拼了。安颜闻声望去，这人正是唐瑞雄。警察也随之赶到。看着众人，何家父母果断服软，最终带走了八万元赔偿金。他们的孩子何广然，尽管安颜好言相劝，他最终还是坐上了开往无锡打工的大巴车，安颜心中难免又多了一桩遗憾事。中考后，她日思夜想，终于说服自己，下定了决心。

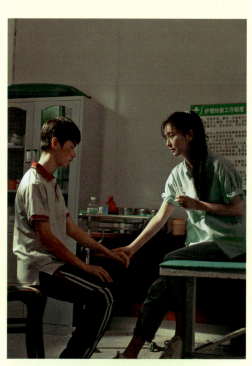

剧照：安颜老师安慰学生唐瑞雄，让他无须担心自己

中考结果出来了，安颜所带的班级考取重点高中的人数创造了新的纪录。周圣杰也通过自己的努力，为安颜争取到了复职的机会。当他兴致勃勃地告诉安颜这个好消息时，未曾料到安颜竟然申请工作调动。中考后的那些夜晚，安颜想到母亲带娃的辛苦，想到暖暖因为自己的工作和留守儿

童没什么差别，想到过去了这么多年，依然和当年唐瑞雄一样
辍学的何广然，觉得就算自己再努力，也改变不了多少现实，
心生挫败感。这让她下定决心进城工作，这样也可以多一些时
间陪自己的孩子。

仍是晚自习的夜里，安颜一人巡视着教室。学生认真学习
的模样，校园里的一草一木，都让她万分不舍。她来到综合楼
前，看着物理实验室的牌子，停下了脚步。安颜没有意识到，
此时退休的符校长已经站在她的身后。符校长向她打了招呼，
安颜回过神来，两人随即谈起这栋综合楼的来历。原来，当年
来参加于老师葬礼的王建军，看到和平中学如此破败，连一栋
专门的教研楼都没有，更别说化学、物理实验室了。他十分痛
心，为了秉承于阗老师的遗志，在其灵堂前交代铜江市市长，
一定要将和平中学建设好，这才有了如今这一栋综合楼。

安颜何尝不明白符校长的用意，只是她现在更加心烦意乱
了。经历了一系列事件后，丛俊生似乎看出了安颜内心的纠结
与失落。夜里，丛俊生带安颜出来吃夜宵散心，有意安排安颜
见到了唐瑞雄。唐瑞雄得知安颜即将离开和平中学，十分惊讶。
他以为谁都会走，但安老师绝对不会。此时，沉浸在低落情绪
中的安颜接到来自以前学生张楠的电话。已经就读研究生的张
楠悲痛地告知她奶奶离世的消息，想请安颜来送奶奶一程。唐
瑞雄知道后心情更加沉重。这时，唐瑞雄才告诉安颜自己已经
多年没有和张楠联系了。原来当年为了逃离那个成天吵架的家

剧照：学生向着大山许愿，要给安颜老师养老

庭，唐瑞雄曾经到张楠家借住过一段时间。感动于张奶奶对自己的照顾和维护，他与张楠互相约定，以后谁有出息了要给安老师养老，也要好好孝敬张楠的奶奶。可是后来，唐瑞雄自知自己混得不好，没脸见张楠，便主动断了联系，甚至连张楠高考前家中遭遇大火的消息都毫不知情。如今张奶奶的离世，还是从安颜口中才得知的。他想起过往和张楠的约定，怎能不自责、难过？安颜总觉得唐瑞雄还有难言之隐没说出口，但她不动声色，只是等待着他自己开口的那天。丛俊生见到这一幕，坦言自己非常羡慕安颜与这些学生的关系。安颜便反问："如果你真羡慕，那你愿意留下来吗？"丛俊生闻罢一愣，他似乎从未认真思考过这个问题，便没有正面回答。

隔天，两人一同去殡仪馆送张奶奶。唐瑞雄和张楠见面，曾经亲如兄弟的两人，已变得生疏。唐瑞雄只留下一句"对不起"和一个装着厚厚一沓钱的白包，便落荒而逃。张楠望着唐瑞雄远去的背影，心中不是滋味。

葬礼过后，安颜带着张楠来到猪肉铺看望唐瑞雄，想解开两人心结，却听到铺内传来激烈的争吵声。原来此时的唐瑞雄交了女朋友，已经到了谈婚论嫁的程度。但是双方就彩礼钱迟迟没有达成共识，女方家里要求拿三万元，并且房产证上要写上女方的名字。可唐瑞雄不太愿意，觉得女方就是图他的钱，两人因此吵了起来。女友一气之下，说出唐瑞雄"为了钱，连手都能自残"的秘密，便冲出猪肉铺。唐瑞雄跟着出来，才发现安颜和张楠早已站在铺前。

唐瑞雄终于鼓起勇气，说起了自己残疾的左手。原来他在

剧照：安颜老师给学生张楠送重点高中录取函

杭州电子厂打工时，常常看到有人因为被机器轧伤而获得大笔赔偿。在偶然发现姐姐为了赚钱从事不良职业后，唐瑞雄的内心崩溃了。他不想母亲继续在老家寄人篱下，也不想姐姐继续深陷泥潭，于是狠心将手伸进高速运转的机器中，以此获得一笔十万元的赔偿，他用自己的一只手换取了姐姐和母亲更好的生活。此时的唐瑞雄似乎已经放下顾虑，而一旁的安颜和张楠却久久不能回过神来。过了一会儿，张楠开口，表示他上了高中才从学妹口中得知，原来当年那每周的五元钱资助，并非学校对优秀学生的补贴，而是安颜自己掏腰包给他补充营养。若当初没有安颜每周五元钱的资助，为了给奶奶治疗哮喘病，自己也可能辍学打工了，也不会有今日读上研究生的自己。他也从来没有瞧不起唐瑞雄，唐瑞雄在自己心中是一个了不起的大英雄。唐瑞雄也对安颜表示，虽然她要调进城了，自己为她高兴，但他想说，安颜对于他们这些农村的学生来说，就是希望，是黑暗里的光，正是因为有安颜这样为农村教学全身心奉献的老师，孩子们才有机会改变自己的未来，山里的孩子们需要她。安颜眼眶湿润，什么也没说，只觉得内心仿佛有什么东西逐渐坚定。

　　安颜万万没有想到的是，在她回宿舍的路上，还有一个惊喜在等着她。她竟然见到了坐了四十一个小时的绿皮火车、想重新回来读书的何广然！安颜看着眼前这个脏兮兮的小伙子，内心满是欢喜。两人击掌为誓，何广然和安颜约定，自己这次

剧照：曾经辍学的学生何广然重回校园

一定发奋读书，打死都不会再离开。秋风吹起了落叶，风中传来了师生两人爽朗的笑声。

但是，何广然的重新入学却成了问题。教育部门明文规定，现在中考学生不得再复读，要按照分数向普通高中、职业技术学校分流。周圣杰表示自己会努力想办法解决此事，而安颜也坚定地告诉他，如果何广然能够重返校园，自己也会留下来，不走了。何广然的回来，让安颜重新找到了作为一名乡村教师的价值和意义。

生活总是变化万千，有时让安颜心烦意乱到想离开，有时又让她坚定了留下来的决心。而另一边，让安颜没想到的是，当初吃夜宵时，自己一句无心的反问，问丛俊生是否愿意留下来，让丛俊生记在了心里。在那之后，丛俊生又与安颜在一个雪天相遇，安颜表示自己之所以留在这里，是因为每个学生都很需要她。正是因为他们的需要，她可以为他们做很多事情，甚至改变他们的命运。丛俊生深受触动，一颗种子在心里生根发芽。于是在支教到期时，丛俊生向铜江一中校长田能波提出调岗申请，从铜江一中调往和平中学。田能波好言相劝，再三陈述乡村学校的弊端，想留住丛俊生。但他去意已决，最终还是选择放弃回城里的机会，正式申请调到和平中学。

更让安颜意外的是，自己竟然会在乡下与曾经的丈夫卢广斌重逢。彼时精准扶贫工作正在铜江市各个区县的下属村寨如火如荼地开展。市里面很重视，派了驻村干部来。镇上的石钟山书记得知垢溪村的第一书记打算号召老百姓种大棚蔬菜，并想方设法帮村民联系销路。考虑到和平中学每天那么多人吃饭，是个非常稳定的销售渠道，他便将分管后勤的副校长安颜请来村子，问她是否能像之前的营养午餐一样，定向采购农民的蔬菜，并将垢溪村的第一书记卢广斌引荐给安颜。

卢广斌见到安颜倒是有些尴尬，当初心心念念要进城的他，如今反而回来了，可安颜却很坦然。卢广斌觉得这很讽刺，但安颜却认为是他们谁都挡不住历史的洪流而已，说不定什么时候她就进城了呢，人生的事情谁也说不清楚。此时的卢广斌已经和之前的女友黄程程分开，原来对方得知卢广斌要下乡，无法忍受，最终在争执之下提出了分手。卢广斌坦言，觉得这是对自己当初所犯错误的惩罚，现已不再去想感情之事，一心投入乡村工作中。

安颜也发现他已不再是当初的卢广斌，现在谈起乡村工作，他如数家珍，颇有成就感。安颜对他另眼相看，甚至表示愿意在他举办油菜花节的时候带女儿暖暖过来支持卢广斌的工作。卢广斌听后，顿时红了眼眶。

新学期伊始，安颜注意到自己新接手的班上的学生潘诗雨上课总是不自觉地打瞌睡，平日里也不和同学交流，心生疑虑。经过一番了解后，安颜发现她不只在自己的课上睡觉，在别的课上亦是如此。安颜将潘诗雨找来问话，然而潘诗雨缄口不语，面无表情，这让安颜感到无可奈何。

课后，安颜来到教务处，让分管教学的副校长刘志修帮忙查找潘诗雨的个人档案资料。从一堆密密麻麻的档案袋里，刘志修找到了潘诗雨的档案。然而父母联系方式那一栏却是空着的，这让安颜感到些许震惊：这个年代连一个手机号码都没有

剧照：安颜老师在家访路上

的人确实少见。幸好档案上还填着潘诗雨家的地址——和平镇和平村潘家寨组，安颜当即决定对她进行一次家访。

然而，当安颜赶至潘诗雨家中时，却发现简陋的房屋空无一人。通过村里一个妇人之口，安颜才得知潘诗雨不为人知的家庭情况。原来，她的爷爷奶奶去世较早，父亲三年前不慎从脚手架上摔下落了个半身不遂，从此家庭陷入了困境。虽然工地赔了点钱，但与高昂的护理费相比微不足道。母亲郭玉凤只能在镇上做点零工补贴家用，家中经济状况越发难以维持。潘父怕拖累家里而自杀了，母亲则在此事的刺激之下精神失常。平时郭玉凤发病时，潘诗雨怕吵到村民，也为了不让村民把母亲送到精神病院，就会把母亲带去村外，一边遛弯一边捡废品卖钱，等到母亲累了才回到家中，有时甚至半夜才会回来。至此，安颜才明白潘诗雨上课打瞌睡的原因。

安颜无法再听下去，她的内心受到了极大的冲击，一时无法平静。在往回走的路上，安颜碰到了潘诗雨和她的母亲郭玉凤。见到安颜，潘诗雨很是震惊甚至有些害怕，拉着口无遮拦、疯言疯语的母亲就想逃离，仿佛自己深藏已久的秘密被公之于众。安颜将潘诗雨叫住，告诉她之前自己不了解情况，所以对她有所批评，希望她为了妈妈，也为了她自己，能够努力把书读好，如有困难，她可以随时提出来，安颜十分愿意伸出援手。

潘诗雨依旧不言，许久后才跑到安颜面前，倔强地盯着安颜，说："如果您真想为我好，我们家的情况，希望您可以保

剧照：安颜老师到学生潘诗雨家家访，帮助其母穿鞋

密。"安颜看着眼眶湿润又自尊心极强的潘诗雨，严肃认真地应下声来。此后，潘诗雨似乎也将安颜的话记下，上课再也没有打过瞌睡。每次睡意来临时，她便自觉地拿起书本，到最后一排站着听课。

安颜了解到潘诗雨因家庭困难没有报名学校的统一订餐，便自掏腰包帮她交了钱。领到学校餐饭的潘诗雨有些疑惑，但她立刻明白了其中的原因。在一个放学的午后，她拿着用父亲留下的手表换来的钱，跑到安颜面前，坚持要安颜收下。安颜拗不过这个孩子，只得求助于和平村村委会，让村委会主任杨昌富协助潘诗雨办理低保。

但是，潘诗雨母亲的情况摆在那里，为了生计，潘诗雨每天夜里仍要扶着母亲捡废品，这影响了休息和学习。安颜再次把潘诗雨叫到办公室，表示每个月将资助潘诗雨一千元的生活费，等她将来有能力了再归还。安颜耐心地跟潘诗雨分析利弊，让她意识到，只有好好学习，才能改变命运并让妈妈过上好日子。潘诗雨泪如雨下，最终接受了安颜的帮助，并下定决心好好学习。

剧照：安颜老师与学生潘诗雨签订协议，资助其上学

但安颜要面对的，不止一个潘诗雨。在日常工作会议上，安颜宣布了教育主管部门下达的最新通知：按照上级主管部门的要求，对有一定接受教育的能力，但因故不能到校接受教育的残障少年儿童开展"送教上门"服务。台下老师议论纷纷，抱怨这将大大增加自己的教学负担。除了安颜和丛俊生以及几位校长，几乎没人愿意报名参加。安颜顺势向周校长提议修订学校的职称评定方法，将"送教上门"和职称评定挂钩。在安颜的游说下，周圣杰决定召开中层干部会议，立刻商讨新的职称评定细则。果然，报名参加"送教上门"的年轻老师多了起来，"送教上门"正式启动。

丛俊生"送教"的对象是一名住在白果村的智障少年张弘扬。毫无经验的他，看着眼前这个有些疯疯癫癫的男孩，内心不免有些发怵。张弘扬十五岁了，小时候发高烧，父母没有引起注意，导致了脑膜炎，影响了智力发育。父母费尽心血找人给他治了好几年，但都无果，夫妻俩便把他丢在家里外出打工再没回来。

　　看着张弘扬，丛俊生实在不知道该如何是好。幸好第一次"送教上门"有安颜陪着，安颜主张从最简单的数字开始教起。然而最简单的 1 到 10 的数字教学，已让安颜和丛俊生头疼不已。张弘扬根本不听指挥，学着学着就分心了，甚至跑去抓鸡，引得安颜和丛俊生不得不跟着跑，两人顿感"送教上门"实属不易。

剧照：安颜和丛俊生在给张弘扬上课

回校途中，安颜路过潘诗雨家，索性让丛俊生先回去，自己留下来帮潘诗雨补物理课。潘诗雨既意外又感动，将安颜请进屋中，专心听讲。

丛俊生回校后到食堂打饭，寻思着安颜给潘诗雨"送教上门"来不及吃，便也帮她打了一份。这一举动碰巧被李琴看见，她投去了羡慕的目光。一旁的同事覃华子和

剧照：农家晾豇豆

刘俊婷看出端倪，怂恿李琴要抓住机会，主动向丛俊生示好。李琴虽不太好意思，但也尝试着主动跟丛俊生搭话。不料丛俊生丝毫未察觉李琴的用意，场面一度尴尬。

有一天，丛俊生独自来给张弘扬上课，他将张弘扬的名字写在黑板上，努力想教会他认识自己的名字。无奈张弘扬却始终笑嘻嘻地称自己是"傻子"。丛俊生没有放弃，一遍又一遍地念着张弘扬的名字，引导着张弘扬的发音，可是最后都以失败告终。张弘扬要么不开口光傻笑，要么一开口就说自己是"傻子"。丛俊生实在忍不住了，顿感无力，红了眼眶。没想到，张弘扬却从课桌里抽出一张草稿纸递给丛俊生，劝他不要哭。丛俊生调整状态，开始新一轮的教学，可还是毫无进展。但就

在他准备离开的时候，张弘扬终于开口一字一顿地说出了自己的名字。丛俊生听完，泪如雨下。

再次遇到白果村的村党支部书记和村民时，丛俊生叮嘱他们以后见到张弘扬，不要再喊他"傻子"，要喊他的名字。众人领会了丛俊生的意思，对其工作大加赞赏。丛俊生似乎也开始明白"送教上门"的真正意义。

然而，丛俊生还不知道，他现在做的工作极其考验耐心和意志。当他兴致勃勃再次来到张弘扬家准备教授他新的知识时，却发现张弘扬早已将前面的课忘得一干二净。张弘扬依然称自己为"傻子"，依然不知道1到10代表什么含义，依然时不时在上课过程中跑到邻居张发花家去追赶小鸡。丛俊生好不容易才燃起的一点希望之火，再次被张弘扬彻底扑灭。

在观察完张弘扬凌乱、散发着异味的家之后，丛俊生决定先不教其课本知识，而是先教他整理内务，洗衣服。丛俊生让张弘扬一步一步学着自己做：将洗衣粉倒进水中化开，把衣服泡进水里，用力揉搓衣服的污渍处……张弘扬学得有模有样，丛俊生看着心生欣慰。当丛俊生将张弘扬家的院子挂满衣服和被单时，天色已黑。他准备起身回校，哪知张弘扬匆匆忙忙端着饭菜跑出来递给丛俊生。丛俊生看着张弘扬，内心一阵感动。

又一年中考将近，安颜带着学生到铜江市第一中学参观，所有学生都在为一中偌大的校园美景和先进的教学设施惊叹时，只有潘诗雨神色沉重。安颜看出了端倪，知道潘诗雨很矛盾：一方面想要考进一中，一方面又担心自己进了一中后无法照顾母亲。安颜表示自己会尽最大的努力，帮助潘诗雨解决遇到的问题。安颜的一番鼓励打消了潘诗雨的顾虑。

铜江市教育局也迎来了新的一把手——李世涛。李世涛从上海调任至此，担任铜江市教育局局长。安颜的父亲安儒风也刚刚获得提拔，成为铜江市扶贫办主任，负责对接、联系外省市来挂职的干部和脱贫攻坚工作。王启发将两人聚在一起开会。李世涛一来，便直言不讳地向市委书记王启发提出了自己的三点建议：一是要肃清教育主管部门的干部队伍，该查的查，该调岗的调岗，让专业的人干专业的事。二是要调整教师晋升机制，尤其是乡村教师，不能以调进城作为教师的晋升通道。他建议，就地改善教师的生活环境和提高教师的待遇；而城市的教师，一定要定期去薄弱学校支教，帮着做课题研究、同课异构，不限帮扶形式。三是要减轻教师除教学以外的工作负担，不要让教师忙着应付上级检查。王启发听完已是心潮澎湃，安儒风更是对李世涛刮目相看。三人激动地握着彼此的双手，决心要为铜江市的教育事业下一番狠功夫。

安颜的学生张楠也被李世涛招到麾下。原本张楠在安颜的开导下，准备留在上海工作。没想到研究生刚毕业，母亲就被查出患有口腔癌，急需一笔高昂的治疗费。正在张楠手足无措之时，因为一则反映铜江教育现状的调查报告，李世涛结识了张楠并告诉他教育局有一笔十万元的人才引进资金，如果张楠愿意参加驻村工作，这十万元可以立即发放给他。彼时李世涛正计划在农村开展工作，急需用人，张楠正是他的理想人选。面对艰难的现实，张楠最终还是向生活妥协了，他选择和女朋友分手，接受李世涛的工作邀请，离开上海，成为白果村驻村工作队的队长。

中考结束后，安颜带着女儿暖暖到垢溪村看望卢广斌。看着暖暖幸福的笑容，卢广斌也趁机提出重回安颜身边的想法。安颜回想起从前的种种，从未考虑过此事的她表示，不如将一切交给时间。卢广斌虽然有些失望，但至少安颜没有拒绝，他又重拾了一点信心。而且现在自己也在驻村工作，后面与安颜在工作中也会有更多的交集，他觉得凭借自己的真心，在不久的将来，一定可以和安颜重修旧好。

剧照：安颜老师得知学生潘诗雨考上重点高中，喜极而泣

很快到了放榜的时间，安颜班上的学生取得了不错的成绩。但令她万万没有想到的是，潘诗雨居然一跃成为全县第三名，全校第二名。安颜听到消息顿时就红了眼眶，她打心底为这名暗自下狠劲的学生感到骄傲、开心。带着这份喜

悦，安颜兴致勃勃地到潘诗雨家，只见她正带着母亲在分拣易拉罐和矿泉水瓶等废品，安颜未语泪先流。而潘诗雨更是不敢相信自己的成绩，抱着安颜就大哭起来。

潘诗雨的事迹被和平镇党委和政府知晓后，石钟山书记便带着由政府筹集的一万元奖学金来到她家中。此时，村委会主任杨昌富也带来了好消息：在安颜等人的努力下，潘诗雨家的低保

剧照：安颜老师陪同学生潘诗雨接受村里表彰

已经办下来了，每个月能有一千多元的政府补助。

好消息接踵而至，本应笑容满面的潘诗雨却始终愁眉不展。原来，杨昌富想要帮助潘诗雨举办谢师宴，让她到时候带着妈妈一起参加。而自尊心极强的潘诗雨对此十分抗拒，她仍然不愿意成为众人的焦点，害怕别人对自己和母亲的议论。安颜深知潘诗雨的心思，支持她的想法，并帮潘诗雨说服了杨昌富。潘诗雨感动不已，带着安颜来到自己的秘密基地，在安颜毫无防备之时，潘诗雨竟然跪在了安颜面前，以此表达自己对安颜的感激。安颜感到惊诧，这是她第二次接受学生的跪拜，

上一次是考上一中的张楠。安颜忙将她拉起，表示这是自己身为老师的职责所在，同时让潘诗雨不要有后顾之忧，她听说有些家长愿意出高价购买优秀毕业生的课堂笔记，如果潘诗雨愿意，自己愿意帮潘诗雨处理，这样也能为潘诗雨带来一些额外收入。而潘诗雨的决定，却让安颜再度吃了一惊。她决定不卖笔记，把笔记的原件留给安颜当作谢师宴的礼物，希望自己像安颜一样能在未来帮助更多的人。看着这个眼神坚定的女孩，安颜无比感动，觉得这是自己参加过的最有意义的谢师宴。

在安颜的帮助下，潘诗雨还是将母亲带到市里来住。她们所住的正是安颜母亲何志芳的房子。潘诗雨像往常一样，熟练地拿出纸和笔，写下欠条交给安颜，两人相视而笑。

随着精准扶贫工作的深入与展开，有许多不宜居住的村寨，政府直接进行生态移民。而这些村民，大部分被安排到市郊的开发区。与此同时，这些家庭的子女也需要就近入学，因此在铜江的移民新村将建立一所新的学校。这所新的学校很特殊，既有市郊的学生，也有从各个县、村里来的生态移民学生，生源情况复杂。李世涛希望招聘一个既有农村工作经验又年轻有干劲的校长来负责该校。

然而下属提交上来的人选，要么学历不够，要么年纪太大，李世涛都不满意。他忽然想起了安颜，查看了安颜的工作履历后更加确定她就是自己心中的理想人选。他找到安儒风，希望安儒风能说服安颜。没想到安儒风只是淡淡回应李世涛，他从来不干涉女儿的选择，如果想让安颜去担任易地扶贫搬迁学校的校长，他的意见不管用，只有靠李世涛自己去说服她。李世涛心中明了，当即请顺安县教育局局长王希安排自己和安颜见面。

得知李世涛的想法，安颜陷入了纠结之中。和学生相处这么久，她无法轻易放下离去，加上与周圣杰、丛俊生等领导、同事的情谊，更让她难以割舍。但是女儿暖暖日渐长大，如果进城，自己可以更多地尽到为人母的责任。

得知此消息的卢广斌重新陷入失落之中。原本以为自己扎根乡村工作，可以有机会跟安颜重修旧好，没想到又要相隔两地。

剧照：安颜老师离开和平中学时，学生以歌相送

颜重修旧好，没想到又要相隔两地。但卢广斌深知，安颜将学生看得比什么都重，他尊重安颜的选择，至于感情的事情，就交给命运去安排。

就在安颜摇摆不定之时，收到学生张楠的吃饭邀请。安颜知道，张楠现在李世涛负责的驻村队工作，必定是受李世涛之托，来当说客的。张楠也开门见山，说出自己的见解。他觉得，安颜进城意义重大。在农村，学生的经济条件差一点，但和身边人都相差无几，环境也相对简单。但是，如果这群学生进城了，状况就完全改变了。首先，身边一定有有钱的学生，尤其是搬迁地区，有不少原来的老百姓住在周围，这些人因为拆迁拿了不少钱，一下子富裕起来，搬迁的孩子与这些小孩相比，差距明显；其次，学校旁边的大商场、超市、网吧、酒吧，应有尽有，对于农村的孩子来说，完全是新天地，诱惑太大，学生很容易迷失自我；最后，虽然政府也会尽力帮搬迁过去的老百姓安置工作，但是无法保证每个人的工作问题都解决。符合搬迁条件的，很多还是因病致贫、因灾致贫的，这些人，指望他们能找到什么样的好工作呢？他们离开了土地，也许只能靠低保金生活。这只能让他们一家维持基本生活，至于别的，无从谈起。这群孩子的教育，将面临前所未有的挑战。安颜听完，面色沉重。张楠说的，其实也是她所思所想，她心中已然有了决定。

安颜最终选择服从组织安排，到易地扶贫搬迁学校第十四中学担任校长一职，但是也向李世涛提出要求，希望分管德育的副校长人选由自己来推荐，李世涛当即答应。

安颜到和平中学跟曾经的同事一一告别，送别晚宴那天，安颜拥抱了每一位陪同的同事。最后跟丛俊生拥抱时，丛俊生借着酒意抱着安颜久久不愿放开，安颜以为他只是孩子气。众人见丛俊生对安颜的不舍，以为他只是舍不下师父，却不知此时丛俊生心中无比失落：在和平中学的这些日子里，经历种种后，他早已受到安颜润物细无声般的感染与鼓舞，默默下定决心要留下来，和安颜并肩奋斗，但他没想到，安颜却要离开了。也是在这一瞬间，丛俊生意识到自己对安颜

剧照：离别时，安颜老师与学生拥抱，互相祝福

的感情，早已不是一开始普通的"师徒"关系——他似乎爱上了安颜……但此时，丛俊生只能把这份感情埋在心里，他松开了手，像其他同事一样，给安颜送上祝福。

因为十四中位于丹砂区，安颜上任第一天便是到丹砂区教育局报到。丹砂区教育局局长于勇和分管的副局长马月明接待了她，并介绍了局里给她配的班子成员——分管教学的副校长文林和分管后勤的副校长王钊。文林有三十年的思政课教学经验以及丹砂最好的中学——丹砂中学十年的教务处主任管理经

验。王钊有三十五年的数学教龄和丹砂中学十年的后勤主任工作经验。

虽然十四中还在建设中，但为了更好地衔接搬迁子女入学，教育局决定于 2016 年秋季开始招生办学，对他们的招生人数不设限。但因为十四中暂时没有办学场地，只能临时借用丹砂中学原来的老校区。

丹砂中学的老校区是个"老破小"，已经弃用一年了，仅打扫工作，就十分耗时耗力。关键是，此时十四中因为人员未配齐，账户上也还没有筹备经费。好在王钊从事后勤工作多年，带着安颜一家家跟老板谈赊账。因为是新学校，教育局官网都还查不到，安颜直接将家里的地址和电话告诉商家以做担保，如果到时候要不到钱，就上她家去要。安颜的这一举动，打动了王钊。本来这些事儿王钊自己就能搞定，但是他拿不准新来的年轻领导是什么脾气，见她如此豁得出去，便与她交心，踏实跟着干了。

不过安颜最担心的不是后勤工作，而是招生和教学板块。安颜提出第一届教师想自己亲自挑选，但以往这都是教育局根据情况来配的，文林根本不敢去汇报。哪知安颜自己冲到于勇的办公室，提出了自己的想法。于勇以不符合规定为由打发了安颜，没想到安颜天天卡点来办公室门口堵于勇，让于勇见着安颜就躲。

见于勇这里无计可施，安颜不得已越级去找了李世涛。她向李世涛说明自己的想法：她必须要挑选一批有足够乡村教学经验的老师，这样才能应对未来的易地搬迁学生。李世涛被安颜说服，本想直接给于勇打电话，却被安颜阻止。她说到自己这样来找他实属无奈，但毕竟自己以后还要跟区教育局多打交道，得想个万全之策。李世涛佩服安颜的周到细致，于是决定以政策文件来支持安颜的请求。

有了市教育局的文件支持，安颜得以自己挑选教师成员。然天下没有不透风的墙，安颜去找市教育局的事情还是传到了于勇耳里。于勇自此对安颜生出了一丝嫌隙，这给安颜后续的工作带来了不便。

文林忍不住提醒安颜这一点，但安颜却认为，如果怕得罪人，那我们的工作就没法干了，几乎每一件工作都会得罪人。

剧照：易地扶贫搬迁学校——第十四中学正式成立

歌颂仁而爱人的职业

105

她只在乎能否达到想要的目标，然后尽可能将负面影响降到最低。如此直爽的性格倒是很对文林的胃口，但他却选择对安颜继续观察，尤其眼下面临着最棘手的招生工作。

留给安颜的时间不多，当下已经是八月，只剩下不到一个月的时间，大部分小升初考得比较好的学生，早就被别的学校挖走了，市里第一梯队的一中初级中学，几乎是在两个主城区"掐尖"。一中初级中学虽建校不到十年，在省级示范性高中铜江一中的帮扶之下，却拿出了年年全市第一的成绩。尽管教育主管部门一再强调就近入学，按照户籍划分，但阻挡不了优秀学生拼了命往一中初级中学挤的势头。第二梯队则是区内的丹砂中学。安颜经过研判，根据区域划分原则，决定优先从丹砂中学的学区入手。丹砂中学学位有限，故而将小升初的录取分数条件设为"语数外三科平均分75分以上"。安颜让文林将丹砂中学学区内语数外三科平均分75分以下的学生名单和联系电话全找来，尤其是70—74分的这个群体，他们要重点招到学校来。文林曾是丹砂中学的教务处主任，顺利拿到了学生名单。

新设立的学校招生最大的招牌是师资阵容，安颜不得已，只得将自己抬出来，而且向社会承诺，自己虽然是校长，但还是会坚持教一个班的物理课。这遭到文林和王钊的坚决反对，安颜身为校长会有开不完的会和事务性工作，担心她到时影响教学质量，他们还不好说。可安颜承诺，她教学时，就是老师，有问题随时提，而且自己确保无论参加什么会，都不会影响自己的教学。文林和王钊只当安颜年轻，心想万一有教育局的会，到时候且看安颜怎么处理。他们将风险点都提示给安颜了，安颜却依旧坚持自己的决定。

数学和思政有王钊和文林，还差语文和英语学科的带头人。安颜想起当初新征途中学挖人的模式，她也有样学样，将每年区内优秀教师表彰名单里的老师都挑了出来。原本为了招生，文林建议安颜利用市局对她的支持去挖两个正高职称的教师来，可安颜却选择挖副高职称的教师，理由是目前学校正

剧照：安颜老师请书法大赛获奖的学生书写校门牌匾

缺，而很多优秀教师都卡在副高升正高的阶段中，这群人上进，有干劲儿，有上升空间，愿意一起创业。

经过精挑细选，语文学科的带头人，安颜锁定了有二十八年教龄的吴洪林老师；英语学科的带头人，她则看中了有二十五年教龄的余丽娟老师。

安颜见这两位老师之前，带着文林一起去学校打听他们的情况。当吴洪林的同事说起吴洪林时，说他语文教得极好，尤

其是古文，是他们学校的特色。但是呢，这位大叔太有个性，一直嫌弃学生的字太丑，多次向校领导建议加强书法练习，但都未得到重视，所以没办法，他只好自己办了个书法社。但因为没有学校层面的支持，全凭学生的兴趣爱好，书法社收效甚微。

　　文林本来担心这人难搞，可安颜却道这正是自己需要的，因为安颜看中的恰恰是吴洪林的书法功底。因为安儒风的缘故，安颜自幼练习书法，只是工作这么多年，没有再写。故而她在见吴洪林之前，狠练了几天书法，见有点样子这才去见他。走进吴洪林家，果然见吴洪林家遍地都是书法作品。安颜单刀直入，表示自己打算办一所有书法特色的学校。首先，每位教师每周要写一个小黑板的粉笔作品，由办公室负责检查、拍照，年终进行评比；其次，学生每天都有书法时间，就安排在每天上晚自习之前的 20 分钟，每位学生都得练习。按照年级分组，每个年级每月的优秀作品将被选出来，裱好后挂在墙上，以鼓励学生。安颜的这一举措令吴洪林佩服至极，她还展示了一下自己的字，吴洪林一眼看出她的功底，但指出她可能很久没练了。安颜羞愧不已，不得不坦诚相告。吴洪林虽然知道安颜的书法准备得不充分，但是建设书法特色学校的方案还是令他心动了。就这样，安颜当即让文林要了吴洪林的简历，做起了招生简章。

　　至于余丽娟，所有人都反馈，她念叨得最多的就是想在退休前拿到正高职称。安颜最怕的就是这个人没有欲求，初次见面本想跟她谈谈办学理想，哪知余丽娟心直口快，问能不能帮自己解决正高职称的问题。安颜爽快地答应。余丽娟当即表示只要局里放人，自己随时可以过去。

分开后，安颜和文林都觉得此人功利心太强，但是眼下又没有办法，只得立即向区教育局打报告。有了市教育局的文件，区教育局也不敢再扣人，第二天就批复了。

就在十四中缺人时，没想到安颜的学生裴秋韵忽然找到了她。作为免费师范生的裴秋韵，如今已经顺利通过考试，希望安颜可以收留她。安颜很想要她，但是她是英语专业

剧照：安颜老师守护学生裴秋韵，资助她上学

硕士，应该去高中才对。可裴秋韵铁了心要留在初中，想跟着安颜创业，因此希望安颜可以主动去教育局把她要来。

安颜很是纠结，一时间难以决定，认为学生应该有更好的发展。安颜的父亲安儒风却认为，基础教育更需要优质教师。父亲的这句话让安颜下定决心，为了能将这个学生留在身边，

歌颂仁而爱人的职业

她再次直接找到李世涛。李世涛被裴秋韵这种好不容易走出去却还愿意回来扎根基础教育的精神所打动，直言这是安颜等人教育的成果。而裴秋韵却说，如果没有安颜，就没有她的现在，她无以为报，只能努力成为像安颜这样的人，将安颜的衣钵传承下去。

裴秋韵的到来让安颜信心大增，而且大家一致决定让裴秋韵负责学校的科研团队。她是这群人里唯一一个受过专业学术论文写作训练的人。

剧照：丛俊生老师用物理原理告诫学生不要急于求成，也不要害怕落后

师资队伍齐整了，安颜亲自带队招生。除了常规的广告宣传，她将自己和两名到岗的副校长分成三个小组，各自带队去招生。安颜带了吴洪林，文林带了余丽娟，王钊带了裴秋韵，三人针对那些重点招录的学生，挨家挨户去做思想工作。

没想到安颜的一系列操作，引起了丹砂中学校长魏伦彬的警觉。当他看了安颜的教学履历后，连夜调整了丹砂中学的招生录取分数限制，从 75 分降到了 70 分。这直接导致原本已经有三十五个打算报名十四中的学生，临时改变主意跑去丹砂中学报名。

这个消息对安颜带领的整个招生小组打击都非常大，但所有人都可以颓丧，唯独安颜不行。她硬着头皮告诉大家，教好优秀学生不是我们的本事，把基础一般的学生教到拔尖，那才能体现我们的能力。

在安颜忙得几乎不着家，暖暖一言不合就要找妈妈时，没想到丛俊生忽然出现，而且带来了一个重磅"炸弹"——他从和平中学辞职，入职了新希望补习学校，月收入过万，而且校长还给了他一点干股。关键是补习学校除了周六、周日，工作日白天基本没课。丛俊

剧照：丛俊生带着安颜的女儿暖暖玩球

生告知安颜，忙的时候，可以将暖暖交给自己帮忙照看。暖暖向来很喜欢丛俊生，加上丛俊生会做各种物理实验，暖暖愈加喜欢黏着他。安颜只当丛俊生是因为体制内教师工资太低而

跳槽，却不知道丛俊生是想追随她。

与此同时，教育局配备的教师也陆陆续续到岗，这些教师大部分从各县的乡村中学选调而来。当选调的教师满足当前预计学位数时，安颜向局里申请，暂停往学校安排老师。日后学生多了，她希望招考一批年轻人，确保全校教师的平均年龄不超过 35 岁这条红线。

起初安颜的这个提法遭到区教育局分管副局长马月明的反对，别的学校起步都是要招一批有经验的老教师，他认为安颜的做法有欠妥当。但安颜顶住压力，以师资配比早已超过 1∶13.5 为由婉拒了教育局调配新教师的安排。

到了 9 月开学时，在大家的共同努力下，第一届学生招到 241 人，75 分以上的只招到 3 人，这 3 人分别是文林、王钊以及裴秋韵亲戚家的孩子。而剩下的 238 名学生，有许多是来自各区县的少数民族同学。以 65 分为线，安颜勉勉强强凑齐了一个 35 人的所谓尖子班——七（1）班，对外称为"实验班"。

在全校 31 名教师的会议上，大家面对这样的尖子班都哭笑不得。现在教育主管部门是反对办尖子班的，可是对于他们这样刚起步的学校，必须要带一个班级来进行突围。安颜精心准备了这次会议的发言，她言辞恳切地跟大家说，尽管生源的底子很弱，但是他们必须努力，第一届无论用什么办法，都要拿出教学成绩来。安颜极为诚恳的发言引起大家的共鸣，但在讨论由谁担任这个尖子班的班主任时，大部分教师都沉默了。眼见就要冷场，文林主动提出自己来当。安颜很是感动，文林却道安颜身为校长都还要坚持教学，他兼任班主任，又有什么不可以。

随即一位老师却忧心忡忡地提出，那剩下的200多个学生怎么办？这时文林提出，以平均分60分为界限，办第二梯队班级。哪知最后将学生成绩拉出来，平均分60分的不足30人，于是将标准再度降到平均分50分，勉勉强强凑齐了45人作为七（2）班。有了文林开头，裴秋韵自告奋勇，担任这个班的班主任。安颜也大胆地将这个任务交给了这位年轻人。

让安颜忧心的是，剩下的161名学生组合成的三个班，单科成绩个位数的竟有50多人。第一周教学结束，这三个班的老师叫苦不迭，纷纷表示根本没法好好上课，课堂纪律差，学生来自不同区县的学校，有不同的教育背景，互相都不熟悉，很难团结起来。同时他们自己也很清楚自身的学习实力，对考出好成绩、考上好学校，既没有信心，也没有兴趣。有时他们不仅不服从老师的安排，还会三五成群，用侗语、苗语互相交流和抱怨。而这反倒给了安颜灵感，她意识到，与其强行教育，不如顺势引导。对于这些少数民族孩子来说，会说话就会唱歌，会走路就会跳舞。设法让他们展现自己与生俱来的东西，或许更能让他们感觉到自在和自信。

彼时李世涛十分关心这所学校的办学进展，专门安排了时间，在没有通知区教育局的情况下进行调研。安颜借此机会，让学校里的孩子结合侗族、苗族的文化特色，仿照"四十八寨歌节"，举行了一次小型文艺演出。孩子们灿烂的笑脸，原生态的歌舞，让李世涛以及所有老师都深受感动和震撼。孩子们被安颜的这个安排感动，激发了信心，也渐渐建立起了信任关系与集体荣誉感。

演出之后，安颜也坦率地跟李世涛说了目前的情况，李世涛到底是有远见的，建议实验班改为乡村振兴班，至于那些基础薄弱的学生，花上那么一个月，从小学的基础开始重新补，像英语这种科目，就当以前从来没有学过，从零开始，还戏称以前安颜他们不也是从初中才开始学英语的吗。

李世涛的话令安颜茅塞顿开，她紧急召开三个平行班级的班主任和任课老师会议，暂停初中内容的教学，集中力量帮学生把小学部分的知识点梳理一遍，能抓多少就抓多少。至于落下的初中课程，后续再找时间补回来。

另一边，张楠在白果村的工作进行得如火如荼，没想到学计算机的研究生室友方响竟然不远千里来看他了，而且兴奋地告诉他，自己报了三年期的西部支教计划，就在铜江，目前是等待市局统一分配的状态。

张楠第一时间想到了正在创业的安颜，便将方响介绍给安颜，言方响除了本专业，更是校篮球队成员，当然，还有一项特殊技能是打游戏。安颜闻言顿时眼睛都亮了，直接问方响愿不愿意做分管德育工作的副校长，还要负责教学校的计算机课程。

方响想着能够发挥
自己的专业优势，愉快
地答应了。安颜也向教
育局主动申请将方响安
排在自己的学校。只是
这么年轻的支教老师来
分管德育工作，多少让
其他老师有些意见。

但安颜这么安排却
是有自己的道理的。她
通过一个月的摸排，在
通过文艺演出解决了初

剧照：安颜在照顾生病的女儿

步的班级管理与学生自信心缺失的问题后，很快又发现了新的
问题：那群平行班的孩子，有释放不完的精力，一言不合就在
学校打架斗殴，躲在卫生间抽烟，逃课打游戏，令所有老师头
疼不已。故此安颜认为七年级（1）班和（2）班的德育工作，
班主任即可完成，其他几个平行班的德育工作，才是重中之重。
安颜给方响的任务，就是合理地消耗这群孩子的精力。为此，
方响针对经常打架、抽烟、逃课打游戏的那群学生，制订了一
系列的措施。他组建了校篮球队，每天放学之后都进行魔鬼式
训练，运球、跑步。起初大家还觉得很新鲜，一周下来，没有

一个学生不喊受不了的。至于那群喜欢逃课打游戏的孩子，方响简直手到擒来，直接利用周末的时间在学校进行电竞大赛，让大家来挑战他。只要赢了方响的，就可以请假玩一个星期的游戏，这让学生兴奋不已。文林和王钊却吓坏了。安颜本来也担忧，但见方响如此有把握，便支持了他。

学生信心十足，但是当大家打游戏的时候才发现，方响竟然是"国服大神"。结果可想而知，学生都完败而归。方响决定组建电竞社，时间安排在周末下午，给他们普及真正的电竞是一种体育精神，而不是沉迷游戏不能自拔，给他们讲为国争光的电竞团队是如何进行专业训练的，绝不是差生的代名词。方响的德育工作润物无声，他很快跟其他老师眼中的差生打成一片。

不过最让方响和安颜头疼的还是那些抽烟的学生，屡禁不止。方响决定跟班主任一起去每一名学生家家访，从源头上切断烟的来源，然后还联系街道干部，跟学校附近贩卖烟草的商店打了招呼，严厉禁止卖烟给学生，情况才好转了一点。而对于那些总有办法搞到烟的人，方响只要发现一次，就罚这个学生去扫大街，去附近的养老院帮忙打扫卫生。学生叫苦，他就亲自上手给学生作示范。

一系列的德育举措，终于让文林和王钊释疑。他们倒是满意了，可方响却叫苦不迭。他本来信心满满地精心准备了基础编程课程，哪知计算机课根本没法开，学校一共只有十五台电脑，而且都还是别人淘汰剩下的。方响只能教大家最基础的，如怎样使用日常办公软件 Word、Excel 和 PPT，而且一次课还只能让十五名学生参加。

对此安颜让王钊连续给局里打了三次报告，但始终未能得到解决，问急了就说财政没钱。方响无奈，一方面，发动大学老师和学生一起募捐；另一方面，自己从网上淘一些零部件，干脆带着学生一起拆电脑，顺便教学生电脑的构造，如何更换显卡、硬盘等。安颜笑言真是委屈了"985 工程"高校的研究生。可方响见学生沉浸其中，感到十分欣慰，坦言不是每个人都可以靠文化课来进行升学，计算机在全世界的普及率很高，山区的孩子一定要跟上。成绩好的可以走"高精尖"，成绩不好的就当读职校了。方响的这一观点得到安颜的高度认同，她也终于找到了别人眼中差生的教学方案，与整个校领导班子达成共识。对于这群学生，文科课尽可能把基础的东西讲完，不做硬性要求，能毕业就行，重点教他们礼貌、法律常识、感恩之心，至少让他们毕业以后不会危害社会。

但是接下来的全区半期联考，直接让安颜和整个校班子成员都沉默了。进入全区前五十名的学生一个都没有，前一百名的只有一个，七年级（1）班的成绩在全区同类十八个班级中排名第十五。按照以往铜江一中招生的情况，只有进入全区前一百名的学生，才有被录取的可能性。大家痛定思痛，安颜提出了"笨鸟先飞"的教学理论，大家一致认为对于这群学生，必须要上晚自习到十一点，而因为下晚自习太晚，住校则十分必要。

但是摆在他们面前的事实是，这所学校当初是按照城区学校的规划来建设的，没有学生宿舍，也不允许上晚自习。

安颜决定去找区教育局沟通，但是没想到直接被于勇以"无论是上晚自习，还是住校，都存在潜在的安全问题"为由拒绝了。

可安颜哪里是这么容易放弃的，她让王钊用空余的教室改装成宿舍，在卫生间里安了热水器，然

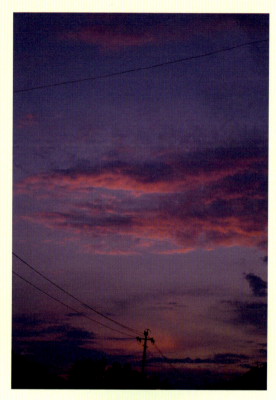

剧照：落日余晖

后召集七年级（1）班和（2）班的家长开家长会，动员家长支持。看到老师如此为学生们着想，淳朴的家长自是纷纷响应。鬼点子多的方响，则主张鼓动家长以家委会的名义给教育局提交"上晚自习、住校"的请愿书，并让他们自愿签下了安全责任书。

期末考试结束后，七年级（1）班和（2）班的成绩进步都很明显，甚至有 1 位学生进入了全区前 50 名，3 位学生进入了前 100 名，班级排名也上升到了全区第 13 名。

安颜和班子成员第一时间召开了家长会，将成绩分享给家长。原本抗议的家长也受到鼓舞。

在安颜和文林的坚持下，吴洪林的书法课得以在全校推广，学生每天有固定的书法时间，老师每周都要交一幅写在小黑板上的粉笔字作品。书香校园的氛围，正在一点点形成。

学校的工作让安颜身心俱疲，但好在每天回家能看到孩子，她乐观地跟以前在乡镇只能周末见到孩子对比，觉得现在已经很幸福了。而丛俊生一到周末就来带暖暖玩有趣的物理小游戏，不仅培养了跟暖暖的感情，也让他每周都能见到安颜。丛俊生或陪着安颜上课，或开车带暖暖去郊区玩，这让时不时回家看暖暖的卢广斌危机感更加强烈。他看着安颜和丛俊生带着暖暖，似乎他们更像是一家人。

原本安颜对丛俊生的靠近还没什么感觉，只当是跟以前一样，过去是她带的徒弟，现在是朋友。但在一次培训会上，安颜碰到了已提拔为和平中学副校长的李琴，问她跟丛俊生发展到哪一步了。安颜这才得知，当时她刚离开，丛俊生就去跟李琴坦白，自己喜欢安颜，决定去城里追随她，同时也婉拒了李琴。

安颜大为震惊，联想起丛俊生过往对自己的点点滴滴，才醒悟过来是自己没有注意。想起当初她批评丛俊生忽略李琴的追求的话来，如今自己又何尝不是如此。

这让安颜一时间不知如何面对丛俊生，故而有意无意地躲着他，丛俊生只当安颜太忙，完全没有在意。丛俊生眼见卢广斌每个月定期拎着土特产来讨好前岳父岳母，也感受到了重重危机。春节将至，丛俊生来看暖暖。安颜问他要不要回老家过年，丛俊生委婉地提出可不可以留下来跟暖暖一起过年。

剧照：安颜老师与学生欢度春节

安颜自是听出弦外之音。丛俊生坦承，自己选择培训机构，就是想有更多的时间照顾暖暖，让安颜可以安心去工作。

这让安颜很感动，相比卢广斌的要求，丛俊生是主动选择成全她。可是，安颜并非完全没有顾虑，毕竟，她已经三十九岁，比丛俊生大整整七岁。

丛俊生也没有给安颜压力，而是让她好好想想。当安颜看到暖暖十分依赖丛俊生时，安颜犹豫了，她对婚姻有恐惧，但也还存了一点期待。暖暖可能是觉得好玩，直接唱了一首《凉凉》送给丛俊生。这让丛俊生哭笑不得，他告诉暖暖这首歌不能随便送人。

2017 年的春节，卢广斌和丛俊生轮番献宝，让安颜哭笑不得，她早早地躲到学校去工作了。安颜让学校提前一周给学生补课，孰料就出了事情。七年级（1）班陈佳沁的家长因为某天晚上有事不能来接，陈佳沁下晚自习后独自回家，路上遇到一个醉酒的男人。男子心生歹意，意图对她实施性侵，好在陈佳沁大声呼救引来了路人。陈佳沁没有遭到实质性的伤害，但也被吓得好几天都没回过神来。陈佳沁的父亲怒而将十四中举报到区政府。

区政府大为震怒，区委宣传部部长兼区教工委书记王芬带头调查此事，最后认定以安颜为首的班子成员不顾上级主管部门的文件精神，私自安排学生上晚自习，造成恶劣影响，决定对整个班子进行撤职处理。

安颜闻讯后一方面带队登门向学生致歉，还带学生去进行心理疏导；另一方面，主动找到教育局领导，说明晚自习是自己坚持要办的，要撤就撤自己的职，而且向王芬部长陈述自己坚持让学生上晚自习的理由——如果不付出更多努力，这群孩子就是被丹砂中学这些学校淘汰不要的，但义务教育的目的不是这样的。

安颜的话得到王芬部长的认同，考虑到十四中的特殊性，王芬部长就此事单独向市委宣传部部长兼市教工委书记韦力晖、市教育局局长兼党组书记李世涛进行了专门汇报。李世涛极力反对区里的处理，认为不能因噎废食，动不动就处理这样一位校长。这位女生是在街边险些遭到侵犯，区里的公安是不是可以加强

剧照：安颜与校领导班子成员互相鼓励

学生放学沿线的巡逻？我们不能把所有的责任都推给学校，这不是在校园内发生的事情。

李世涛的这番话得到韦力晖的支持，鉴于安颜组织老师补课是无偿的，而且事后也在积极地补救，只给安颜一个警告处分，让她继续担任十四中校长一职。然而，警告处分对安颜的打击，远不如陈佳沁的转学来得大。

本以为安颜会就此低头认错，哪知回到学校，晚自习还是继续上，甚至提出周六也要给学生免费补课的想法，此举遭到王钊等人的极力反对，认为安颜再这么搞下去，他们都要被撤职。可安颜却反问："如果三年后这所学校办烂了，出不了成绩，这跟撤职有什么区别？一样的晚节不保，如果担心被撤职，现在就想办法调走。"王钊被怼得无言以对，只得遵从她的想法，继续让老师给学生无偿补课。

但因为要占用老师的休息时间，七年级（1）班的英语老师余丽娟有些不情愿。安颜无奈之下只得拿下半年就可以评正高职称来引导，让余丽娟听从安排，却也因此埋下隐患。

在安颜的坚持下，十四中的半期考试成绩，在全县的排名中继续稳中有升，大家对安颜的坚持，渐渐多了些认同。

眼见又到招生季，安颜带着班子成员逐一去拜访学区内的小学校长和班主任，请他们多多推荐好学生到十四中来。当地的文化氛围尚酒，好在方响很能喝，安颜每次只要带着他"出战"，定能得胜。

此时安儒风将负责丹砂街道搬迁工作的社区支部书记付晓阳带到了安颜面前，说第一批安置房已经建设完毕，可以进行搬迁了，预计有一百多名小升初的学生，而且这一批搬迁户主要集中在思安县。

这让安颜兴奋不已，思安县在铜江市是个特别的存在，虽然偏远，但历来重视教育，思安中学是仅次于铜江一中的高中，甚至有几年的高考成绩还超过了一中。当地的教育氛围很浓，家长亦很重视教育。有人总结思安县有两种文化最值得称道，一个是教育文化，另一个则是茶文化。几乎家家户户都会种植茶树，就算再贫困的家庭也是有茶叶的。

可当安颜领着方响前去思安招生时，却又是另外一番景象。原来是思安县的搬迁工作受到阻碍，村民根本不愿意搬。安儒风深知当地老百姓最在意的是什么，这才建议他们找搬迁接收地的学校一起做老百姓的思想工作。

因其他两所学校的校长都无功而返，这才找到了安颜。这让安颜哭笑不得，她感慨这个爹为了完成自己的工作，狠起来连女儿都坑。

安颜和方响跟着付晓阳一连走访了十几个村子，老百姓无一例外地用茶水接待了他们。这些搬迁对象，大多家境贫寒，因病、因灾或其他原因致贫的都有，而且这些村民大多住在半山腰上，实在是很难发展，有时候为了几户人家，要花很大力气修一条水泥路进去。方响每每见到这样的情形都会发出灵魂拷问——值得吗？

付晓阳苦着脸道，因此他们才坚定地要帮助这些老百姓搬迁，百姓不搬，他们又不能放弃，小康路上一个都不能少，不搬迁后续的投入只会更大。尽管国家给他们的政策很好，符合搬迁条件的，每个人可以免费分配到 20 平方米的电梯房，基本上大多数家庭都可以分到 100 平方米以上的房子，他们要得到这套房子，只需要花 2000 元办手续即可。可是老百姓还是不愿意搬，留在这里没钱，但可以耕地，至少饿不死，可是到了城里万一找不到工作，全家人都要饿肚子了。尽管付晓阳再三强调他会想办法给大家找工作，老百姓却认为不是每个人都可以找到工作。只有那些符合低保条件的人表示：大家搬，他们就搬。

通过走访，安颜敏锐地发现这些老百姓对老师都很尊敬，她意识到这与思安县长期以来对教育的重视有关。走访完以后，安颜和方响讨论出了招生方案。这里的学生因为地处山区，每天要花很

剧照：裴秋韵老师照顾学生张文婧，正如当年安颜老师照顾自己一样

多时间在路上，所以他们首先告诉老百姓搬迁以后，孩子即便不住校，从学校到家里最多步行 20 分钟即可。其次，安颜决定带队来这边的小学开展中小学衔接宣讲会，邀请家长一起听课。安颜将自己团队的优秀教师介绍给学生和家长，更为重要的是告诉家长搬迁以后，他们的子女如果考铜江一中，根据划片区原则，将获得与主城区孩子一样的优惠待遇，与原来在县里相比，至少降 50 分录取。

这让家里有小升初学生的家长很是动心，然后安颜还顺带着介绍了十四中附近的小学、高中和医院，完备的配套措施攻破了老百姓的心理防线，陆陆续续有人到付晓阳这里来报名，决定搬迁。

不过最终让老百姓大面积搬迁的，还是安颜带着团队持续三个月每周一次的中小学衔接教学活动。老百姓意识到安颜这样的校长值得托付，因为从丹砂区开车到思安县，足足四个小时车程。

只是安颜没想到的是，丹砂中学来了一招"螳螂捕蝉，黄雀在后"，获悉这些老百姓要搬迁以后，他们便深入到拔尖学生的家里挖墙脚。

学生工作归方响管，年轻冲动的他跑到教育局去告状，哪知教育局告诉他局里一定会强调不许跨学区就读，但是家长总会自己想办法啊，满足跨区域就读的条件，他们挖你们的学生，你们也挖他们的学生嘛。

方响苦着脸回来，安颜早知是这个结果，只得鼓励方响不必气馁，他们必须确保第一届成功，一旦成功，就再也没人能挖他们的学生了。

　　十四中一类班级期末统考成绩已进入全区前五名，随着第一批移民搬迁学生的到来，加上过去一年学校工作得到家长的肯定，让十四中的新生陡增至 413 名，其中有 321 人来自搬迁地区，比例高达 80%，而且生源质量得到了大幅度提高，70 分以上的学生，足足组成了两个 50 人的乡村振兴班。

　　学校教学成绩名列搬迁学校第一，让安颜在市局扬眉吐气。这样的教学成绩，也说服了一直不大支持她工作的副校长王钊。安颜再度提出拿出三间教室改装成宿舍的方案。这一次，王钊支持了她。

　　但是随着第一届学生升入初二以后，物理课要开起来了，导致学校又出现了新的问题。教育局以十四中已在筹建中为由，暂不配备实验器材。安颜自己就是物理教师出身，无奈只得通过自制加网上购买设备、视频演示等多种手段，给学生上实验课。但这始终是安颜心里的一个结，她认为学生一定得自己动手做实验，才能加强记忆，故而让王钊每隔一段时间就给教育局打配备实验器材的申请。

　　除了实验器材，学校也没有图书馆，吴洪林带领的语文教研组，连教育部规定的课外读物都配不齐，裴秋韵所带领的教研组，更坦言要查资料，只能去市图书馆。但对于这样的西部小城市，图书馆能有的资源也很有限，大部分数据库都买不起。但没钱也总有没钱的办法，裴秋韵和方响合作，找了各自学校的图书馆支援，开通一个图书馆账号，供教师查资料用。

随着新学期的开始，新一批招考上岗和从各区县选调的乡村教师也入职了，这群教师大多刚从大学毕业，以师范类专业为主，全部本科学历。他们到岗后的第一次内部培训，由安颜主持。安颜向这些新人介绍了乡村教师需要突破家校界限的教学观念，他们即将面临的学生，与他们以往在理论学习中知道的情况都会不一样。安颜还举了自己的例子，这让新入职的教师觉得很新鲜。选调上来的乡村教师中，还有安颜曾经的搭档——语文教师刘俊婷。面对她的到来，安颜喜出望外，当即委任她为乡村振兴班的班主任，刘俊婷也欣然接受了这个任务。新来的教师中，还有一个特别的人，那就是张楠的女朋友卞筱悦。她跟方响一样，告别了"村小"以后，在张楠的建议下，加入了这所学校担任语文教师，还主动请缨，当起了七（2）班的班主任。所有人都充满了干劲。

然而当工作真正开始时，却又是另外一番景象。移民搬迁学生的问题，比本地学生的情况要复杂得多。已经开学了，王钊那边反馈还有一半的新生没交学杂费，其实就一百多元钱，没想到问起学生，学生说家里暂时还没有，更有学生直接问班主任，能否申请免除。这一情况引起了安颜的注意，她让方响牵头摸排这群学生的情况。321 名搬迁学生中，70% 来自贫困家庭，他们是精准扶贫的建档立卡户，本身就靠着低保金度日。但学校和区里的财力都无法免除这么多人的学杂费，于是安颜让方响牵头，带着各班班主任，联动社区，深入到申请免除学杂费的学生家里去核查情况，顺便家访。方响率先从卞筱悦和刘俊婷所在的班级入手，拿着名单一家一家去走访。

卞筱悦和方响走完第一家就已经泪流满面了。刘芳婷是卞筱悦班上第一次月考成绩排名第三的女孩，平时十分乖巧、上进，但沉默寡言，不爱说话，连回答问题都小心翼翼。她是离异家庭的孩子，父亲嗜赌如命，母亲因无法忍受而离婚，丢下她和一个12岁的妹妹、一个10个月大的弟弟。父亲常年不着家，爷爷已逝，就靠年逾六旬的奶奶照顾姐弟三人，父亲根本没什么钱拿回家，奶奶还有糖尿病，每个月的胰岛素也是一笔不小的开销。家里的生活费全靠两个姑姑接济，哪里还有余钱交资料费、校服费？

刘芳婷的奶奶一见到班主任和副校长，就开始当着老师和孩子的面哭诉自己的不易。卞筱悦特别担心老人家这样的行为会影响到刘芳婷对自己的认知，只说让她别担心，学校会想办法。卞筱悦和方响临走时，刘奶奶忽然拉住卞筱悦的手，问卞筱悦能否记一下刘芳婷妈妈的电话号码。原来，刘奶奶想请卞筱悦给刘芳婷的母亲打个电话，希望通过卞筱悦告诉她刘芳婷很优秀，希望她可以回心转意回来照顾三个孩子。

卞筱悦和方响强忍着泪意，直到离开刘芳婷家才终于流下

歌颂仁而爱人的职业

剧照：学生张文婧的父亲到学校闹事，安颜
老师承诺她来照顾文婧和她的弟弟

泪来，感慨为什么还有这么困难的家庭。

卞筱悦回到学校后，便立即给刘芳婷的母亲打电话。刘芳婷的母亲听完，当即便问，这是她奶奶让您打的电话吧？她已经找很多人给自己打过电话了。可是当你怀着孕，还被那个男人的赌债债主要钱时，你是什么心态？自己已经忍受十几年了，如果还能忍得下去，哪个做母亲的会狠心丢下三个孩子呢？

卞筱悦同为女性，她无法想象电话那头的女子是有多绝望才能说出这样的话来，她再也说不出劝慰的话，只说孩子是无辜的，希望她能抽出时间关心一下孩子。刘芳婷的母亲没有再说什么，只是匆匆挂断了电话。

方响没想到，诸如此类令他们泪目崩溃的家访，只是一个开始。尽管每家贫困的情况各不相同，总结下来就一个结论，提交了免费申请的学生，每一个都符合条件。但这么大一笔经费，如何免除？

王钊将这个难题抛给了安颜，安颜本想将这个问题反馈给社区，看看社区能否想办法，哪知社区党支部书记付晓阳此时也是"满头包"。搬迁过来五百多户，近两千六百人，青壮年很少，大多数是老人和小孩。但因为当地没有大产业和工厂，能为青壮年提供工作的岗位也很有限，那些三个月仍未找到工作的人，只能选择出去打工，因此又留下不少独居的孩子。

安颜找到付晓阳时，付晓阳正被老人包围着，嚷嚷着要回老家。原来这些老人还不熟悉城市的生活，出门找不到厕所，忍不住了就随地大小便，进超市觉得结账很麻烦，过马路经常忘记看红绿灯。更令人头疼的是楼房外观相似，老人们常找不到自己住的楼，甚至出门的时候忘了带钥匙。付晓阳作为社区干部，每天都忙着帮大家处理这些鸡毛蒜皮的事情。

付晓阳看到安颜，像是看到救星一般。安颜当时去村里招生，见过不少人。安颜告诉这些家长，他们的孩子在这里适应得很好，如果回去了，孩子的学习怎么办啊？现在他们的户籍都转过来了，回去还得跟县里打申请才能读书。安颜几句话让老人散开，给孙儿孙女准备晚饭去了。

付晓阳本想请安颜到自己办公室坐坐，孰料他们的办公地点也被老百姓"占领"了，老百姓都在指责社区干部处理事情不公平，说别家的低保金评定得比自己多。趁着他们还没看到付晓阳，付晓阳拉着安颜逃也似的离开了。

安颜道明来意，想找付晓阳解决一些资金问题，付晓阳哭笑不得，反问："你看我这样像是有钱的样子吗？"但为了稳定学生的大后方，安颜建议学校和社区可以一起联动，便一起策划了学生与家长一起"坐一次公交车""逛一次超市""过一次马路""进一次银行"等活动，让学生和家长都能迅速地适应城区的生活。

学费的事情安颜实在无奈，第一次因为工作的事情求助父亲安儒风。安儒风对此也没有办法，两

剧照：安颜老师与学生一起放风筝

人谈话时正好李世涛来了，李世涛了解相关情况后，发动了上海的爱心人士，暂时解了安颜的燃眉之急。

李世涛意识到这种现象在当地比较普遍，特别找到了市、区两级共青团组织，联合省团委成立专项基金，通过共青团的"春晖行动"，每年募集一笔资金，专门解决易地扶贫搬迁学校学生的困难。

安颜深知，能用钱解决的问题，都不是问题，还有很多问题，是钱完全解决不了的。比如，教师对工作的懈怠，安颜请来的资深英语老师余丽娟，刚刚评上正高职称，就提前跟安颜请假了，说自己身体不好，要休养，下个学期只带一个班。

原本安颜还信了，可文林却戳穿余丽娟此人就是拿到正高职称以后想"躺平"了，他偷偷看了她的体检报告，健康着呢。安颜虽然批评了文林不该私自看别人的体检报告，但也觉得余老师这样的做法有些欠妥当。

没想到余丽娟迫切地想要休息，见安颜迟迟不批，直接跟安颜说随便给自己安排什么岗位都可以，门口的安保都行。这下彻底将安颜激怒了，她直接召开会议，主张同岗同酬，获得学校中高管理层的一致表决通过。安颜将表决结果告诉余丽娟，问她还要不要去做安保工作，同岗同酬。余丽娟直接黑着脸离开安颜的办公室。

安颜本以为此事已经结束了，不料她很快接到教育局的通知，余丽娟自下学期开始，被借调到丹砂中学工作。

　　安颜不服，哪知区教育局却没有给她任何机会，说这是党组会的决定。可他们不知，安颜是个认理的主，她像"秋菊"一样，找了区教工委书记王芬，但王芬说原则上她不干涉局里的集体决策。安颜无奈，找到了李世涛这里，李世涛对余丽娟这样的老师也感到不满，就问安颜还想不想要这个人，如果不要了，他可以做主直接调走；如果要，就得想办法，如何调动她的积极性。

　　安颜想明白了，她终究是需要人来帮她干工作的，如果这个人已经不想为学生付出了，那么强留下来对学生也无益。没想到关键时刻裴秋韵及时顶上了，承担起了八（1）班英语的教学工作。

剧照：曾经获得安颜老师帮助的学生裴秋韵长大，成为她的接班人

学生的纪律问题也成了"老大难"，从村里来的学生，纪律观念比较差，上课铃响了还在外面晃悠。面对这样的情况，只要安颜没课，就站在操场的高处看着大家，只要有人迟到，她就严厉处理，让他站着听一整节课。

更离谱的是，居然有三个初三的男学生（张鑫、张子钢、张岭南）站在三楼的走廊向下面尿尿，比谁尿得远。这可把安颜气坏了，方响气得直接要动手，但被安颜阻止了。她趁着课间操的时候，将三个尿尿的男生请上台，告诉大家他们今天在走廊尿尿，请大家一起监督，如果还有下次，就请他们三个人当着全校的人尿。引得全校学生哄笑，三个男生直接认怂。

方响好不容易搞定了上一批打架的学生，新来的这一批有过之而无不及，搬迁学生和当地的学生一言不合就在学校外面的街道上打群架。尤其是张鑫、张子钢、张岭南三人，他们是叔伯兄弟，很是团结。因为住在城郊的石松见他们在上课时经常找别人说话，气急之下骂了他们一句，导致三个张姓孩子放学后在校外将石松暴打一顿。

石松哪里气得过，也找了十七个本地的学生，约着"三张"在离学校不远的农田里打群架。"三张"也叫了十五个移民新村的孩子，双方直接打了起来。

好在刚打了几分钟，附近的农民报警了，安颜和方响接到电话后赶到派出所，派出所所长调侃说人要是再多些，他派出所的警力就不够了。

安颜了解清楚事情的经过后，首先批评了石松，认为他不该这样歧视农村的同学，让他先道歉。一开始石松嘴硬，觉得自己没有错。可安颜也是个硬气的人，说如果他不道歉，就会连累这么多同学一起在派出所过夜。这才将石松吓住，他有些不情愿地向"三张"道歉。随后，安颜严肃批评了"三张"，认为他们不该打人，这是大错特错，直接给予三人留校察看处分，还要他们赔偿石松医药费，以及当着全校同学的面向石松道歉。

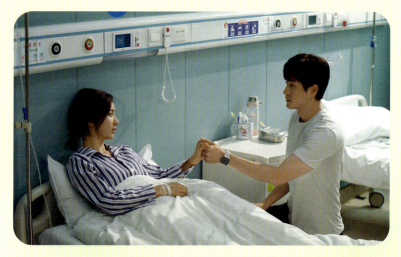

剧照：安颜被解救后，丛俊生在病房内向她求婚

"三张"哪里肯认，更是放言让安颜直接开除他们了事。这让安颜很是头疼。为了彻底压住学生的气焰，她真的让派出所按规定将三人"关"了起来。

而安颜则第一时间去三个孩子家里找家长，哪知三个孩子家里只有老人在，父母都出去打工了。爷爷奶奶了解情况后，嘴上骂几句，无奈地说拿这些孩子没有办法，被开除正好，直接出去打工算了。可这些孩子都在义务教育阶段，而且还是精准扶贫建档立卡户家庭的孩子，本来就要特别优待，哪能真的开除？

安颜意识到，这些孩子可能是真的被伤到自尊了，遂决定各个击破。安颜首先找到张岭南，他是里面的老大，跟他说起自己曾经在和平中学带的那些孩子，还把张楠请来给大家上励志课。张楠跟大家分享自己的成长经历，告诉大家什么是真正的尊重。没想到，张岭南真的听进去了，居然愿意主动道歉。

这令安颜有些意外，道歉之后，安颜不放心，再次单独找了张岭南谈话，问他是什么原因答应了自己。张岭南说，是因为他能够感受到，安颜没有偏心城里的孩子，甚至还有些偏袒村里的孩子；最重要的是，安颜是发自内心地尊重他们，没有因为他们是农村来的就瞧不起他们。

这让安颜感动又意外，她深刻意识到这所易地扶贫搬迁学校最需要解决的问题是城乡孩子之间的相互尊重与理解。而方响，面对这群精力充沛的孩子，除了以往的传统管理模式，还创建了新的模式，让平时调皮的学生组成了护校队，尤其是下晚自习后，按照学生放学回家的路线，规划出四条护送他们回家的路线，避免了之前有女同学险些遭遇危险的情况，也增强了这群孩子的自我价值感。

　　但最让老师头疼的还是部分农村学生的自我认知问题。在卞筱悦的班级里，有一次开班会，要组织大家去周边春游，结果有个叫王莎莎的女生很自豪地站起来，当着全班同学的面宣称自己是精准扶贫建档立卡户，问自己是不是可以免费去春游。

　　事后，有城里的学生问卞筱悦建档立卡户是什么？为什么有那么多"特权"？这让卞筱悦更加意识到问题的严重性，她耐心地告诉学生建档立卡户是暂时跟不上我们大家脚步的家庭，需要社会的关爱和帮助，请大家以后多多关心这些同学，跟他们做朋友。

　　面对王莎莎，安颜却从容许多，请她到家里跟自己的女儿一起吃饭，十分自然地告诉她，建档立卡户并不是给予的特权，而是来自社会的关爱。面对这份关爱，我们应该持有的态度是感恩，而不是骄傲，更不是自豪。只有暂时弱小的，才需要帮助，而你今天需要做的，正是想办法改变这样的现状。

　　一开始王莎莎并不是很理解，但随着安颜和卞筱悦经常带王莎莎和几个优秀的农村孩子一起吃饭、交流，王莎莎逐渐意识到，建档立卡的目的是希望每个农村的孩子都可以体面地学习、生活。

　　这一年几乎都是丛俊生帮着安颜照顾孩子，连功课也是他辅导的。眼见着又到年底了，这一次，安颜主动邀请丛俊生到自己家里过年。

　　安颜将丛俊生介绍给父母，母亲何志芳倒是很高兴，私底下还夸安颜有点开窍了，找了个更好的。反倒是父亲安儒风，好好找丛俊生谈了一次话，坦言丛俊生与安颜的确存在年龄差，他只有安颜这一个女儿，担心安颜会受到伤害。丛俊生直言，年龄在他这里从来就不是障碍，他和安颜之间的感情，正是跨越了利益和世俗的相互尊重与成全，情感上更是相互需要。丛俊生的一番话让安儒风放下心来。只是当安颜问起丛俊生是如何搞定自己的父亲时，丛俊生始终也没有告诉她。安儒风也闭口不谈，因为他答应过丛俊生，这是他们之间的秘密。

安颜决定跟丛俊生结婚之前，分别找了暖暖和卢广斌谈话。安颜告诉暖暖，她要邀请丛俊生叔叔以后住到她们家，就像以前爸爸跟她们一起生活那样。暖暖已经六岁，知道一些事，欣然接受了，只是说自己还是喜欢叫丛俊生叔叔。安颜也未勉强她。随后，

剧照：安颜与丛俊生领结婚证的幸福一刻

歌颂仁而爱人的职业

安颜见了卢广斌，告诉他自己找到想要托付的人了。卢广斌知道丛俊生将暖暖照顾得很好，便只剩下祝福。

春节后，安颜趁着年后第一天上班，与丛俊生去民政局领了结婚证，是时 2017 年春。

两人领了证，便各自投入工作中了，至于婚礼，完全顾不上。刚开学没多久，安颜到教育局开会，会上获悉了教育部号召对中小学生减负和拟开展校外培训机构治理的消息。

安颜从教育局回来，便跟丛俊生讨论此事。可丛俊生认为，这种情况存在于大城市，对于咱们这种十八线城市而言，如果不努力，拿什么去跟别人拼呢？

安颜身为本地人，也去外地上过大学，虽然认同这样的观点，但是她却隐隐担心，这次恐怕不只是号召的问题。面对越来越多的家长选择到校外补课，教育机构如同雨后春笋般地出现，只怕上级会动真格的，她还是提醒丛俊生在教育机构要早做打算，一切挡不住时代发展的大势。

转眼又是一年的春天，第一届学生已经进入初三下学期，安颜将全部精力都花在了毕业班身上，这是她来之后的第一次升学考试，她格外重视。她每天守着学生上晚自习到晚上十一点，学生回到宿舍以后，准时熄灯。她担心学生爬起来，到了十二点时，又去一间间宿舍检查一遍，再去睡。

每天早上六点半，她准时叫醒学生，学生刷完牙、洗完脸之后，她便领着大家去操场跑 3 千米，跑完后才让大家去洗漱、吃早餐并准备上早自习。

功夫不负有心人，7月学生中考结束后，有13人考上铜江一中，录取率排在全区第二，高中上线率更是高达61%，交出了一份让社会和主管部门满意的答卷。而安颜却病倒了，可能是因为过于劳累，安颜被诊断出卵巢囊肿，需要立即手术，切除半边输卵管。

面对悉心照料自己的丛俊生，安颜很是愧疚，担心影响后续的生育问题。可丛俊生却安慰她，他喜欢的是她这个人，而不是一个生育工具。安颜出院后，丛俊生便立即着手和安颜举办了婚礼，而暖暖成了他们的花童。身为前夫的卢广斌也大方地来参加他们的婚礼了，虽然有一丝尴尬，但更多的是祝福。

随着第一届学生考出优异的成绩，加上最后一批上万名移民搬迁人员的到来，这所初创三年的学校获得社会的认可，全新的校园也投入使用。新一届学生人数激增到800人，在校学生人数已高达1451人。

人一多，问题也就跟着多了起来。附近的超市和小卖部多次向公安机关和学校反映有的学生存在偷盗行为的问题。

其中最特别的，是一对双胞胎兄弟，冯会和冯哲。两人长得极像，如果不仔细看，根本分不清谁是哥哥，谁是弟弟。他们初来乍到，根本不知道城市里的商店全装了监控和报警系统，他们先是在超市偷东西被抓，被方响和安颜领了回去。之后，他们又将目光瞄准了那些没有监控设备的小商店，尤其是利用双胞胎的身份，一个人先进商店，假装拿了东西忘记付钱，等店主出来追的时候，另一个人进去拿了东西就走。有时候被店主发现，那个假装忘记付钱的人就若无其事地将东西还给店主，将店主迷惑住了。直到店家发现东西被偷得多了，安装了监控才发现，其实是兄弟两人作案。

剧照：在方响老师牺牲后，学生张天阳以优异的成绩告慰他的在天之灵

本来店家执意要将这两个孩子送到少管所去，但文林说"仓廪实而知礼节"，自己小时候那会儿家庭困难，谁家桃李熟了，就想着去偷点，他们现在也是一样。店家也是搬迁户，这番话说到他心坎里了，最后还是将孩子送回了学校，让老师重点教育。

这两个孩子的班主任是一位刚毕业的年轻数学老师荣义成，他从湖北考到这里来工作，对当地的情况一无所知，尤其是这对双胞胎兄弟，他们在班上的成绩还不错，弟弟冯哲更是可以考进班级前十名。他不理解他们为什么会做出偷盗行为。安颜意识到，新来的老师，因为自己的疏忽，没有继续进行往届的家访工作。现在学生多了，他们反而更加需要清楚地掌握学生家里的情况，打破家校之间的边界。

这让荣义成十分抵触，认为这是老师额外的工作，不愿配合。安颜见方响根本拿他没办法，只得自己带队，荣义成迫于校长亲自出马，不得不陪同。走访的第一家就是这对双胞胎兄弟的家庭。

走访完才知道，这对双胞胎兄弟现在跟爷爷一起生活。他们原本居住在思安县，孩子们的父亲初中毕业后在外打工，与工友结婚。他们的母亲怀孕后，两人返回老家生育。可是，孩子生下来之后，母亲看到家里太穷，丢下两个孩子一走了之。父亲的能力一般，虽然一直在外打工，但挣不到钱，因此成为贫困户。他们家通过易地扶贫搬迁至此，两个孩子也从县城转到这边来读书。因为家境贫寒，所以爷爷留在县里继续耕种、养殖，补贴家用，由奶奶过来陪读。但两年前奶奶病逝，爷爷只得变卖了县里的家畜等来到城里照顾两兄弟。至于两个孩子的父亲，连孩子奶奶去世他都没有路费回家参加葬礼。因为经济确实困难，爷爷便牢牢地掌管着政府发放的低保金，所以两个孩子从来就没有零花钱，也从不吃早餐，鞋子衣物都是穿别人赠送的。两个孩子对家人的情感也比较复杂。奶奶的去世，对两个孩子的打击很大。原本两人的成绩不错，自奶奶去世后对学习便懈怠了。有时候因为太饿，他们就选择去偷，或者是看到什么新奇的东西，也去偷。

荣义成表示，他完全没有想到这两个孩子竟有这样的身世，他这下深刻意识到家访的必要性，当即带着两个孩子去商店为他们各买了一套衣服和一双鞋子。穿着新衣服、新鞋子的兄弟俩虽然很兴奋，但在老师面前却又很不好意思。而安颜则给两个孩子充值了饭卡，让他们记得每天到学校食堂吃早餐，再慢慢地告诉两个孩子，要想改变这样的现状，唯有读书一条路。她还带着两个孩子到自己家吃饭，将他们当成自己的家人一样。为了缓解他们跟爷爷的矛盾，安颜安排两兄弟住校。兄弟俩终究只有爷爷这么一个靠山，担心他们去学校住宿后年迈的爷爷没有人照顾。安颜又请社区党支部书记每天去他们家里关心一下爷爷的身体状况，让两个孩子彻底没有后顾之忧。

安颜和荣义成的一系列关心，让兄弟俩的学习态度有了明显的改观。一天中午，安颜正准备在办公室睡午觉，双胞胎弟弟走到她的办公室，问安颜："我们可以叫你一声妈妈吗？"安颜当即泪流满面，紧紧地抱着孩子。

2019年秋天，十四中考上铜江一中的人数再创新高，高达31人。与此同时，潘诗雨也给她报喜，说她考上了东华大学。安颜好奇，她原本的目标是北京大学，为何最后去了东华大学，这才知道在潘诗雨高考前母亲病重，她一边照顾母亲一边复习，还是受了一点影响，但是她完全没有告诉安颜。

潘诗雨因为成绩优异，不仅获得了东华大学的奖学金，当地政府还给了她两万元奖学金。她带着母亲和这笔钱，前往上海读大学。她跟别人不一样，没有住在学校，而是在学校附近租了一间小房子住了下来，方便照顾母亲。临走前，她再次给安颜磕了头，说请安颜再等等她，她会慢慢还安颜的房租。安颜对她被生活如此对待，还依旧保持着强烈的自尊心和灿烂的笑容感到欣慰。

随着脱贫攻坚工作进入验收阶段，十四中秋季开学的人数仍在攀升，新增的全都是生态移民过来的农村子女。

安颜现在有了经验，给新入学的学生上开学第一课，便是教他们认识自己，何为建档立卡户，他们的优势是什么，他们的不足是什么，他们可以做什么，最后帮助他们树立目标。

临近年关的时候，武汉暴发了新冠肺炎疫情，波及全国。虽然铜江没有发现病例，但教育局还是很关心学生的情况，尤其是十四中有很多学生家长都在外地打工，过年时都会回家，因此要求摸排是否有从武汉回来的家长，以免影响学校。

安颜通过过去几年的经验，建立了学校、社区、共青团、党委和政府四方协同的学生德育工作模式，带领老师挨家挨户排查，学生和家长都很配合，还热情地邀请安颜和老师留下来吃饭。安颜不肯吃饭，家长便往安颜和其他老师手里塞东西。几栋移民安置楼摸排完后，安颜和几位老师手里都已经拎了一堆东西，大家看着彼此，露出无奈却幸福的笑容。

　　因为疫情的缘故，学校推迟到 2020 年 3 月 15 日方才开学，学校第一时间装了一人一卡的门禁，进行完全封闭式的管理，防止疫情的扩散。好在铜江位于偏远山区，未受疫情影响，一切教学工作正常进行。

　　不过，安颜从教育界感受到不同寻常的危机，教育部再度发文要整顿教培行业。安颜跟丛俊生谈及此事，可丛俊生依旧没有意识到问题的严重性，而且他所在的培训机构已经收了上千名学生，一年的收入是三千万元。目前，该培训机构的负责人正在准备拓展分校，他很信任丛俊生，想让丛俊生也入一点股，并担任分校的校长。

　　安颜敏锐地意识到这事儿恐怕有风险，从教这么多年，这是近年来教育部发布的较为具体的通知之一，所以她的意见是分校校长可以做，但是如果要自己投钱，还是谨慎行事。而且加上现在疫情，线下的培训课程还不知道什么时候可以恢复。丛俊生听从安颜的建议，接受了担任分校校长的邀请，但自己并没有投钱进去。果然如安颜所料，2020 年由于疫情反复，课外线下培训课程开开停停。

　　随着脱贫攻坚战的全面胜利，张楠和卞筱悦都面临着重新选择工作的问题，张楠正式报考公务员，卞筱悦选择继续在学校工作，并去了当地的一所职业学校，教授园林设计专业，她想通过这样的方式为乡村培养更多的专业技术人才。李世涛的挂职工作也结束了，他重新回到了上海。结束三年支教生活的方响，一边继续担任职务，一边参加当地教师的招考。他的德育工作也做得顺手起来，在大课间组织大家排了手语舞《感恩的心》，希望孩子们记住自己今天的一切，是来自党和国家以及社会各界的努力，让他们要常怀感恩之心。

随着 2021 年全国教育工作会议的召开，教育部门明确提出要大力度治理整顿校外培训机构，抓好中小学生作业、睡眠、手机、读物、体质管理，禁止将手机带入课堂，同时通过多种方式满足学生应急通话需求。关于全面振兴乡村教育的一系列重大议题，都深刻地影响着学校的发展。

这次丛俊生倒是听进去了，虽然线下的培训受了很大影响，可是线上的却依旧进行得如火如荼。丛俊生将想法跟校长梁玉华交流了一下，可梁玉华还沉浸在收入增长的喜悦中，根本没有听进去。

哪知到了 9 月，教培行业便如遭遇山洪般直接崩塌。教育部办公厅连续发文，严格限制校外补课，提倡素质教育，坚决查处变相违规开展学科类校外培训行为，几天时间内，所有教培机构被教育局叫停。

梁玉华许是早已收到消息，在 9 月 1 日发文的当夜，便卷款潜逃了，而丛俊生作为分校的校长，直接被家长推上了风口浪尖，大家都将矛头指向了他，要他退钱。丛俊生也主动承担起了应尽的责任，但账目实在太大，他已然无法一个人承受。心灰意冷的他担心安颜会就此离他而去，但安颜还是默默地陪

歌颂仁而爱人的职业

伴他面对这一切。

幸好，辗转多次，梁玉华被警方找到后，对学校的资产进行清算并用于赔偿，不足的部分由丛俊生用自己之前赚的钱进行补足。当丛俊生处理完所有的事情后，苦笑着说自己现在一无所有了。安颜却安慰丛俊生，说教育本就不应该是逐利的，既然当年我们曾获利，现在还回去，也是应该的，而且他不是一无所有，他有一身的学问。安颜还鼓励丛俊生重返校园，丛俊生说他在考虑将课程带入学校开展课后延时服务，并打算一边上课，一边继续深造。安颜也表示她打算继续攻读心理学。两人紧紧相拥，再次约定共同努力，一起进步。

2022 年金秋，潘诗雨回到铜江看望安颜，还一次性将这些年欠安颜的钱悉数还给了她。潘诗雨这几年一直在做家教，而且开发出了人工与 AI（人工智能）结合的在线翻译软件，还获得了专利。她将专利卖了，带着母亲搬到了宽敞一点的房子。

2023 年夏，十四中又开始了教师招聘，没想到第一个走进面试厅的，正是陆敏老师。陆敏表示自己还是更适合教乡村的孩子。安颜很是惊喜。

再后来，安颜接到潘诗雨打来的电话，告知她自己被选为了优秀毕业生代表，要在毕业典礼上发言，并说自己打算公开安老师一直帮忙保守的那个秘密。电话这一头的安颜倍感欣慰。

潘诗雨在毕业典礼上分享了自己的故事，而那时安颜也在优秀教师表彰会上发言。此刻的她，触景生情，往事历历在目。

安颜几度哽咽，充满希望与感情地和在场的所有人倾诉，仿佛也在告诉自己："我很感谢教过的每一位学生，很多时候是他们在推着我前进、成长，我们更像是同行者。曾经，我以为我的使命是守着乡村中学，让学生一个一个地走出大山。后来我发现，就像水流推动轻舟一样，学生在前进，我也在前进。我对教育不只是爱，还有敬畏，因为它是将每一个生命个体引领向人生理想彼岸的伟大工程。教育，就是这样一门仁而爱人的事业，渡人渡己。"

电视剧《春风化雨》部分剧本鉴赏

第一集　酸菜之约

1. 时：晨

　　景：和平中学—操场

　　人：安颜（34岁，女）、裴方慧（15岁，女）、王怡然（14岁，女）、丛斌（14岁，男）、何广然（15岁，男）、崔永智（14岁，男）、学生若干

　　2012年3月，春寒料峭，晨曦初升。

　　和平中学是一所典型的位于大山脚下的乡村初级中学，正中央是一栋四层高的倒"凹"字形教学楼，中间是教室，两侧为行政办公室。

　　校内其他建筑均为红墙青瓦。

　　校舍和教师宿舍沿山而建，与教学楼合围成一个圈。

　　教学楼前，是用煤渣铺就的跑道，操场是水泥地，有三个篮球场，两个乒乓球桌，一个三级跳远的沙坑，三个单杠，两个双杠。

此时不过七点半，一位年约三十四岁的女教师——安颜，样貌清丽出尘，像是山中野百合花一般，在这大山之中尤为显眼，正领着一队学生沿着跑道跑步，学生一边跑，一边齐声背诵课文。

众学生：蒹葭，蒹葭苍苍，白露为霜，所谓伊人，在水一方……

正跑着，安颜身后的学生队伍里传来一个男生的惊呼声。

崔永智：裴方慧！

安颜一回头，只见学生裴方慧蹲在地上呕吐起来，其他学生都停了下来，围了上去。

安颜见状，赶紧冲上前去。

安　颜：这是怎么了？

崔永智：我看她跑着跑着就吐了。

何广然：安老师，我觉得有点头晕。

围在安颜身后的男学生何广然话音刚落，就直接朝地上倒去。

好在此时围观的学生多，一把将何广然扶住了。

安颜顿时慌了。

安　颜：何广然！（当机立断）来四个男生帮忙，送卫生院去！其他同学就地解散，该吃早餐的吃早餐，该自习的自习。

安颜一声令下，丛斌、崔永智等男生迅速地抬起何广然和裴方慧，向卫生院赶去。

安颜跑了几步，忽然又想起什么，转身吩咐。

安　颜：王怡然，你随时关注班里其他同学的情况，如果有不舒服的，马上送到医院来。

一个看起来很干练的女生应声而答。

王怡然：好。

2. 时：晨

　　景：和平镇—卫生院—急救室外

　　人：安颜、崔永智、丛斌、王玉芝、陆敏（28 岁，女）、环境人物若干

　　和平镇卫生院的急救室外，安颜和两名男学生焦急地等在外面。

镇上的卫生院看起来有些破旧，设备也很简陋。

急救室外亮起的红灯，是此时安颜的焦虑，也是希望。

就在此时，急救室的门开了，医生王玉芝走了出来。

安颜见状赶紧迎了上去。

安　颜：王医生，两个学生怎么样了？

王玉芝：初步判断是食物中毒，但好在送得及时，没什么大危险，女孩吃点药就好，男孩严重一点，我们马上给他洗胃。

安颜闻声如释重负，但还是很震惊。

安　颜：食物中毒？

就在此时，安颜的同事陆敏，一位二十八岁的英语女教师，中等身材，扎着马尾，显得青春、干练，正搀扶着一位女学生走过来。

陆　敏：医生，医生，快来看看我的学生，吐得很厉害。

王医生正要过去，已经有别的医生抢先迎上去了。

安颜却早已跑到了陆敏身边。

安　颜：陆老师，你们班上也有学生呕吐啊？

陆　敏：啊？你们也有？

王医生见状，不由得皱起眉头来。

王玉芝：看刚才那个学生的情况，应该也是食物中毒，你们最好再排查一下，还有没有别的学生有这样的情况，别发展成群体性食物中毒事件。

安颜脸色大变，立即意识到事情的严重性。

安　颜：好，我们这就去排查。

3. 时：晨

　　景：和平镇—卫生院—走廊内

　　人：安颜、裴方慧、陆敏、环境人物若干

安颜一边给校长周圣杰打电话，一边用一次性杯子接热水。

安　颜：对，对，您和其他领导先排查一下。我这边有什么具体信息会及时给您汇报。

安颜挂了电话，将热水递给裴方慧，让她服药。

裴方慧就着水将药服下。

安　颜：（关切地）你现在感觉怎么样？

裴方慧：好多了，已经不吐了。

安　颜：你早上吃了什么？

裴方慧：吃了金花婆婆家的糯米饭。

安　颜：包的什么菜？

裴方慧：土豆丝、酸豇豆、折耳根……

　　安颜忽然想到什么，跑向在一旁焦急等待的陆敏。

安　颜：陆老师，你班上那个女生早餐在哪家吃的？

陆　敏：说是金花婆婆家。

　　安颜当即反应过来，拿起电话拨给校长周圣杰。

安　颜：喂，周校长，恐怕问题出在金花姐的店上。

4. 时：晨

　景：和平中学—小食堂

　人：周圣杰、钟玉科、王金花（55岁，女）、环境人物若干

　　和平中学的小食堂区，是一栋拥有六个门面的平房。

　　每个门面都是一家商铺。此时正值上课前的早餐时间，每家店门口都排着许多学生等着买早餐。

　　每家门面卖的早餐也不尽相同，有卖包子馒头的，有卖豆浆油条的，有卖河粉的，而裴方慧口中的金花婆婆，则卖糯米饭，再配上洋芋丝、酸豇豆肉末、折耳根和油辣椒。

校长周圣杰，是位约莫四十岁的中年男人，戴着金边眼镜，寸头，依稀可见白发，一身黑色西装，此时看起来儒雅中透露着焦急。

　　周圣杰身后跟着分管德育的副校长钟玉科。钟玉科五十九岁，头发花白，却精神矍铄，穿着灰色的夹克、藏青色的裤子，显得很是干练。

　　有学生发现两人跑过来，纷纷跟他们打招呼。

学生甲：周校长好！钟校长好！

学生乙：周校长、钟校长好！

学生丙：周校长、钟校长，早上好！

　　两人匆匆来到王金花的门面。

钟玉科：王姐，你这个早餐不能再卖了。

　　正忙得不亦乐乎的王金花闻声惊诧地看着两人。

王金花：啊？为哪样？

周圣杰：（严肃地）有人吃了你的早餐，疑似食物中毒，进医院了。

　　王金花闻声吓得手中打饭的勺子都掉地上了。

　　此时，校园里响起了广播声。

广播声：通知，通知，请今天早上在金花婆婆家吃过早餐的同学，到各班班主任处报到，由班主任统一送到校门口集合。

　　王金花闻声吓得语无伦次。

王金花：咋，咋就中毒了呢？

钟玉科：你今天卖了多少份？

王金花看了看盒子里的饭票。

王金花：三十几份。

周圣杰脸色大变，看向钟玉科。

周圣杰：（当机立断）你留校排查，将食物封存，我去医院看看。（再看向王金花）你仔细想想，有哪些学生在你这里吃过早餐，尽快协助我们摸排清楚。

周圣杰言罢，匆匆离开。

5. 时：日

　景：和平镇—卫生院—急救室外

　人：安颜、周圣杰、王玉芝、环境人物若干

　和平镇卫生院，周圣杰赶到的时候，只见安颜正紧张地打电话。

　周圣杰见状，上前。

　安颜一抬头便看见了校长，连忙挂了电话迎上去。

安　颜：（对着电话）好的，我知道了。（挂了电话）周校长，您也来了？

周圣杰：安老师，怎么样了？

安　颜：何广然严重一些，他吃了两份，正在安排洗胃。其他四个同学都只需要吃药。咱学校里还有其他学生有问题吗？

周圣杰：已经排查清楚了，还有两个学生拉肚子，正在送来的路上。

安颜长舒一口气。

周圣杰却皱着眉。

周圣杰：花姐是咱们学校的老人了，要说在饭里下毒，是万万不可能的，会不会是什么失误？医生说是什么原因了吗？

安　颜：还没有定论，不过裴方慧除了呕吐，还有头晕的症状，何广然更是出现了看东西模糊的情况。我记得小时候听我妈提起过，吃了发芽的洋芋会这样。折耳根、酸豇豆是我们经常吃的东西，一般不会有问题，我看是不是重点检查下洋芋。

周圣杰恍然大悟。

周圣杰：这就说得通了。

安　颜：（变得焦躁起来）不是我说，这个金花婆婆不是第一次了。

周圣杰：我知道，你因为卫生问题已经投诉她三次了。但你也知道，她爱人史校长是咱们这个学校的元老，十九岁参加工作，干了四十年……

安　颜：他还有一个月退休，却倒在工作岗位上，县里和市里都关照过，学校要照顾好他夫人……（激动地）我知道你们不好处理，但学生的食品安全是咱们的底线。我班里的学生都是即将毕业的初三学生，他们是一天都耽误不起的。

周圣杰无言以对。

安　颜：我知道您的难处，这个坏人，不如让我来做吧。

周圣杰疑惑地看向安颜。

6. 时：昏

景：和平中学—食堂区

人：安颜、王金花、周圣杰、丛俊生（28岁，男）、卫生检查工作人员、环境人物若干

卫生检查工作人员在王金花店里角落的麻袋里发现了发芽的洋芋，展示给安颜和周圣杰看。

卫生检查工作人员：真的是发芽的洋芋。（转向王金花）我们会没收你剩下的这些洋芋和糯米饭带回去做进一步检查，得到通知前你不能再卖了。

工作人员开始收拾王金花的糯米饭和食材，王金花急忙阻拦。

王金花：你们哪个看到我把发芽洋芋放饭里了？这是我剩下没来得及扔的不行吗？

安　颜：金花姐，工作人员检查完自然会给你一个公正的判断，到时候饭里的洋芋是否发芽一清二楚。

王金花看撒谎不成，懊恼起来。

王金花：哎哟，我把洋芋的芽都挖了，哪想到还会出事。

安　颜：（严厉地）金花姐，今天这么多孩子吃了你的东西进了医院，想逃避责任恐怕是不行的。

王金花被刺激，顿时感到愤怒。

王金花：你这个背时砍脑壳的，三番五次找我麻烦，是不是有

158

意针对我?

周圣杰:花姐,安颜老师不过是就事论事罢了。

　　工作人员收拾完转身撤离了,王金花阻拦失败,一屁股坐在了地上拍腿大骂。周圣杰连忙想要拉她起来。

王金花:我男人死了,我就靠卖点饭过日子。你们现在把我的店都关了,天啦,我是没得活路了。老史,你为哪样死得那么早嘛?你在世的时候,他们当你是领导,是校长;你去世了,他们现在就打主意要赶我走。伤天害理啊⋯⋯

　　安颜听不下去了,遂上前。

安　颜:(气愤地)金花姐,别骂了!你想想,如果今天学生有生命危险,把你我的命搭上,都赔不起!

　　围观的人越来越多,指指点点。一张陌生的面孔也凑了上来,此人是个二十七八岁的青年男子,剑眉星目,鼻梁高挺,个子高高的,身材匀称,看起来阳光、有朝气,但此时满脸写着疑惑。他向围观的学生打听起来。

丛俊生:同学,不好意思,跟你打听下,周校长办公室怎么走?

学生甲:喏,那个就是周校长。

　　周圣杰正拉着王金花,一听到好像有人叫自己,下意识地抬起头,视线与丛俊生的视线相对。

周圣杰:你⋯⋯啊,丛俊生是吧?

丛俊生:对,我是来报到的,您⋯⋯好像不太方便?

　　周圣杰顿感尴尬,慌乱中赶忙朝向王金花。

周圣杰：花姐快起来，莫闹了，外人面前看笑话。

　　哪知王金花趁势闹得更凶，立马从地上起身去拉丛俊生。

王金花：你要给我做个见证。你看看，就是这个婆娘成天整我。我只是做个小本买卖，哪会害娃娃们嘛。这个婆娘天天一副鼻孔朝天的样子，哪个晓得是不是背后有人，太嚣张了。

　　丛俊生被推到台面上，一脸茫然。

丛俊生：不是，什么情况？

王金花：你们倒是报警啊，当我怕你们哦。

安　颜：（严厉地）王金花！这事本来就是你不对在先，这么闹下去一点意义也没有！我劝你还是趁着检查人员没走远，赶快去打听打听要怎么处罚，赔多少钱。

　　王金花一听，顿时慌了。她左右挣扎了下，最后还是拍着大腿，追了出去。

王金花：咋个还要赔钱哦？我是没得钱的哈。

　　周圣杰看向围观的群众，挥了挥手。

周圣杰：大家没事就散了，有什么好看的？

　　学生迅速地散开。

　　周圣杰看到狼狈的丛俊生，赶忙上前。

周圣杰：丛老师，您没事吧？

　　丛俊生整理了下被金花婆婆扯乱的衣服。

丛俊生：还好，还好。

周圣杰：真不好意思，让您见笑了。

160

丛俊生：没有，没有，你们和平中学还真是……热闹。

　　周圣杰赶忙招呼安颜。

周圣杰：安颜老师，快来快来，我给你们介绍下，这位是丛俊生丛老师，是铜江一中初级中学的物理老师，他是来我们学校支教的。丛老师，这位是安颜安老师，我们学校物理教研组的组长，带了四届学生，有十年的教龄了，你们互相认识一下。

安　颜：（伸出手）丛老师，感谢您来和平中学支教。

　　丛俊生看到刚才的一幕，对安颜的印象还停留在泼辣上面。他看到安颜大方得体地伸出的手，略愣了一下，很快调整了状态，也礼貌地伸出手去。

丛俊生：安老师，您客气了，是上级给我学习和锻炼的机会，我才工作五年，以后还请您多指点。

周圣杰：安老师，丛老师可是我特意向市教育局要过来的。

丛俊生：谢谢周校长的信任。我也是学校派来学习乡村教育经验的，咱和平中学可是远近闻名……

　　安颜看了眼手表，急忙打断周校长。

安　颜：不好意思，周校长，今天被金花姐耽搁了这么久，孩子们还等着我做饭呢，我得赶快回去了，明天再聊吧。

周圣杰：哎，安……

　　说罢，安颜匆匆转身离开，把周圣杰和丛俊生晾在了原地。

　　周圣杰尴尬地朝丛俊生笑了笑。丛俊生看着安颜离去的飒爽背影，若有所思。

7. 时：昏

　景：教师宿舍外—安颜的小菜园旁

　人：安颜、裴方慧、王怡然、丛斌、崔永智、何广然

　　教师宿舍是一栋两层楼高的老房子。

　　安颜的宿舍在一楼。宿舍楼最里边是一个小厨房，里面有个煤气灶。小厨房的外面则是一口灶台，灶台边上是一个小菜园，种着应季的蔬菜。时值初春，有些蔬菜已经开花，有些则刚冒芽，十分惹人喜爱。

　　灶台的旁边竖放着一个简易的折叠桌。安颜在小厨房和灶台间忙里忙外。灶台上炖着猪脚汤，安颜用汤勺拨了拨，以防粘锅。然后，她又进到小厨房，在煤气灶的一个炉子上炒着一大锅蒜苗回锅肉，还加了莴笋片，满满一锅，另一个炉子上则放着一锅酸菜炒肉。

　　安颜炒好菜，将菜用一个铝盆子盛好。园子外面便传来了学生欢快的声音。

裴方慧：（O.S.）安老师，我们来了。

　　安颜闻声端着菜走出小厨房，只见裴方慧、王怡然、丛斌、崔永智、何广然五个人，一人手里拿着一个装满了饭的铝制饭盒，校服口袋里鼓鼓囊囊的，朝菜园子走来。

安　颜：快来吧，这一天可够折腾的，我炖了猪脚汤，好好给你们补补，摆桌子，吃饭。

学生得令，七手八脚地将折叠桌支起来。何广然、丛斌、崔永智走进安颜位于一层的宿舍，搬了些塑料椅子出来，大家已经非常熟练。

　　安颜又回到小厨房收尾，她从小厨房探出身来。

安　颜：王怡然，你帮我摘两根黄瓜下来。

王怡然：好。

　　王怡然迅速摘好黄瓜，送进小厨房。

　　安颜又利索地做了个凉菜。

安　颜：好嘞，帮我端菜。

　　王怡然和裴方慧先后把菜端出来放在桌子上，又分别给大家盛了猪蹄汤。

　　安颜也从小厨房用饭盒盛了一碗饭出来，跟学生一起坐下。

　　安颜关切地看向何广然。

安　颜：广然，你感觉怎么样？

何广然：已经没事了，医生只是让我今天吃清淡一点。

安　颜：好，我在电饭煲里也煮了粥。

何广然：谢谢安老师。

安　颜：方慧，你呢？

裴方慧：我也没事了。

　　安颜默契地看向大家。

安　颜：那就好。那咱们直接来，老规矩。

　　学生纷纷从校服口袋里拿出用罐头瓶子装的酸菜放到桌

子上。

安　颜：来吧，先喝点汤。一会儿跟我说说，这次都是什么酸菜？

　　一个个像馋嘴猫似的迅速喝起来。

　　安颜看在眼中，很是开心，自己也喝了起来。

　　一碗汤喝罢，这才开始吃饭。

安　颜：以后你们吃早餐啊，要特别注意，选卫生好的吃。今天可真是把我吓死了。

　　安颜刚说罢，手机便响了起来。

　　安颜接了电话。

安　颜：啊？符校长来了啊？好，我马上过来。你们先吃，校长叫我有点事情。

　　安颜解下身上的围裙，穿上外套就赶紧起身出去了。

8. 时：昏

　　景：和平中学—校长办公室内

　　人：周圣杰、安颜、符胜治（60岁，男）、丛俊生

　　校长办公室位于教学楼四楼的右侧。

　　安颜走进校长办公室，见刚卸任的老校长符胜治和现任校长周圣杰在里面喝茶。

　　六十岁的符胜治校长是个光头，在诸多校长中极具辨识度。学生因为他的长相，对他便有三分畏惧，因为他看起来是

一个不怒自威的人。

　　而周圣杰的气质则与之形成鲜明对比。

安　颜：呀，符校长，您这刚卸任一个月又回来了，是闲不住了吧？

　　符胜治不禁笑起来。

符胜治：我听说了你们今天的事情，吓坏了吧？

安　颜：哎，魂都吓没了。

符胜治：也是难为你了。金花姐出事情不是一次两次了，但没造成太大的影响。以前老史在世的时候啊，一直给她兜着。今天，金花姐可是闹得很凶啊，还好最后没出什么大问题。

安　颜：是啊，我也有点后怕呢。来的路上我还在想，既然不让她开店铺了，那是不是可以给她安排个宿舍管理的工作？一方面，她对学生比较熟悉，有基础；另一方面，她也不会像原来那么辛苦。毕竟她也是学校老人，这次把她的店关了，她以后去哪寻活计？

　　符胜治满意地笑了笑，和周圣杰交换了一下眼神。

符胜治：安老师果然是想得周到啊。

安　颜：符校长，您可别捧杀我了。不过，小食堂的问题真的要考虑整改了，不然再遇到像今天这种情况，那可要了我半条命了。

　　周圣杰笑了笑，拿出了一份文件。

周圣杰：你看看这份文件。

安颜拿在手里一看，原来是国务院关于正式启动农村义务教育学生营养改善计划的通知。

安　颜：落实了？

周圣杰：是。

安颜看着文件很是高兴。

安　颜：这钱确定能用在学生身上吗？

周圣杰闻声语塞。

符胜治再度笑起来。

符胜治：安老师就是这么直接。放心吧，由中央财政直接拨款，谁也不敢挪用。这样一来，参差不齐的私营小食堂就要成为历史了。

安　颜：（兴奋起来）这是好事啊！你看看我们班的那些小豆芽，真是太可怜了，每周不是酸菜就是泡发的黄豆，要不就是豆豉，眼看着就要中考了，营养完全跟不上。

安颜一说起学生就滔滔不绝，周圣杰趁机加码。

周圣杰：营养午餐对我们乡村学校的孩子来说可是大好事，不然，像今天这样，食品安全如何保障？

安　颜：这个倒是真的，米从哪里买，肉从哪里出，谁来做饭，这里面都大有讲究，要是承包出去，商人都是逐利的，少不了以次充好、缺斤短两的，到时候受苦的，还是学生……

安颜意识到自己的问题，赶紧闭嘴。

安　颜：不好意思，我多嘴了。

周圣杰：不多，你说的都是大实话，这些也是我担心的，所以才想找个靠得住的人来分管。

周圣杰话锋一转。

周圣杰：我和符校长商量了下，都觉得安排你当分管后勤的副校长是最合适的，不知道你怎么想？

安颜感到非常惊讶。

安　颜：领导，别开玩笑了，我可干不了这个活。

周圣杰求助似的望向符胜治。

符胜治：为什么拒绝啊？这十年我是看着你过来的，你学生工作做得仔细，是我推荐的，而且王金花的事你也处理得很妥当，不仅借助外力把她的店铺关了，还给她想好了退路。何况你刚才讲了那么多关于营养午餐的想法，怎么说你都是最合适的人选。

安　颜：（苦笑着）别的不说，首先我的精力就不够分啊。我现在带着三个班的物理，还当一班的班主任，实在是分身乏术。

周圣杰：刚刚把丛老师介绍给你，就是想说这个问题哈。

周圣杰起身来到办公室门口，朝走廊外面招了招手。

周圣杰：（大声）丛老师，麻烦您进来一下。

没过多久，丛俊生来到门前，和周校长一起走了进来，对符校长和安颜点头示意，安颜也起身示意。

丛俊生：符校长、安老师，你们好。

安　颜：不好意思啊，那会儿忙着回去做饭，没顾上跟你聊。

周圣杰招呼众人坐下。

周圣杰：没事，这会儿聊也是一样的。我是这么想的啊，是否能让丛老师帮你分担一些教学的任务，这样你能有更多时间来分管后勤。

安　颜：孩子们跟着我这么久，一班又是毕业班，临时换老师，不太合适吧？

周圣杰：也不是都换，九（1）班肯定还得你亲自抓，剩下两个八年级的班级可以交给丛老师嘛。再说，丛老师可是从铜江一中初级中学过来的，也是出过很多教学成绩的，还被评为优秀教师，在教学上你大可放心。

安颜犹豫了片刻，有些为难。

安　颜：这……

丛俊生立马上前表态。

丛俊生：安老师您放心，虽然我只在这儿一年，但我保证这一年会全心全意地投入到教学工作中，肯定能让孩子们的成绩再上一个台阶。

安　颜：啊？一年？

丛俊生：（面露不解）对啊。

周圣杰看态势不好，赶紧想打断丛俊生的话，可是安颜已经站了起来。

安　颜：周校长，我再考虑考虑吧。我宿舍还有学生呢，我先回了哈。

安颜说完径直走了，丛俊生略有吃惊地看着安颜的背影。

周圣杰：（无奈地）这是我今天被她晾的第二次了。

符胜治：（笑了笑）她就是这样一个人，哪怕在领导面前，学生也是第一位的。

9. 时：昏

　景：教师宿舍外—安颜的小菜园旁

　人：安颜、裴方慧、王怡然、丛斌、何广然、崔永智

　　安颜回来，发现孩子们一筷子都没动，眼巴巴地等着她。

安　颜：哎，你们怎么都不吃啊？菜都凉了。

裴方慧：老师，我们等您。

安　颜：下次别这样了啊，先吃。

崔永智：没事，我刚刚热了一次，想着您回来就可以吃。

　　安颜甚是欣慰地坐下来。

安　颜：真是懂事，来，赶快吃吧。

　　安颜一声令下，学生迫不及待地打开饭盒，夹菜吃了起来。

　　崔永智有些不好意思，没敢夹肉，只吃蒜叶子和酸菜。

　　安颜见状，给他夹了一筷子肉。

安　颜：你别抢我酸菜吃，多吃肉。

　　崔永智笑得露出虎牙，这才大胆地吃了起来。

　　裴方慧伸手打开自己带来的那一瓶酸菜。

裴方慧：老师，这次我带的是我爷爷做的青菜酸。

电视剧《春风化雨》部分剧本鉴赏

　　裴方慧说着，将酸菜递给安颜。

安　颜：青菜酸好，我有些日子没吃了。

　　接着是王怡然，她略显小一些，皮肤黑黑的，扎着马尾，穿着洗得泛白的校服，说起话来也是轻声细语。

王怡然：安老师，我今天没有带酸菜，但是带了炒黄豆。

　　王怡然递过去，安颜当即打开来闻了闻。

安　颜：太香了，我十年前去你们学长家里吃过一次，那是我带的第一届学生，叫张楠。第一次吃觉得特别好吃，后来一直想做，可怎么也找不到当初的味道了。

　　安颜赶紧用筷子挑了一点放进碗里，就着吃了口饭。

安　颜：太下饭了。

　　然后是一个瘦瘦小小的男生丛斌，看起来有些营养不良，将自己的瓶子递上。

安　颜：丛斌，你的是什么？

丛　斌：我带的是野葱酸，我自己挖的野葱。

安　颜：真的吗？野葱香，太好了，这个我要带回去，给我女儿她们吃。

　　安颜看向剩下的两个男生，何广然瘦瘦高高的，皮肤黝黑；而崔永智则截然不同，中等个子，皮肤白皙，完全不像是山里娃。

安　颜：何广然、崔永智，你们都带了什么？

崔永智：我带的是酸豇豆。

何广然：我的是干萝卜酸。

安颜开心地一一接过，然后起身回屋放下酸菜，又拿出了五个瓶子。

安　颜：这些瓶子一会儿你们记得带回去，上个月拿来的，我都洗干净了。

　　安颜边说，边把瓶子分发给大家。

崔永智：嗯，我昨天来学校的时候，我爷爷还问我呢，上次的瓶子怎么没带回去。

丛　斌：我奶奶也是。我今天带来的这个瓶子，是菠萝罐头的。别人送了她大半年了，非得等到前几天快过期了才舍得拿给我吃。我吃的时候，她再三交代我小心点，别把瓶子弄坏了，这瓶子有大用处。我就想，就是装酸菜、装酸辣椒嘛，还能干啥？

　　崔永智忽然偷笑起来，而且是抑制不住地笑。安颜也好奇地停下了分发的动作。

丛　斌：你笑什么？

崔永智：冬天，我奶奶还用来灌开水，放在被窝里焐脚。

　　学生都大笑起来。

　　安颜也被逗笑。

安　颜：焐脚好像用盐水瓶比较多吧，我也用啊。

崔永智：我奶奶只要是玻璃瓶都用。

安　颜：好吧，只要不是焐了脚再用来装酸菜就行。

　　学生再次被逗乐了。

安　颜：很好，收了你们这么多酸菜，这一盆肉吃不完，你们不许走!

　　安颜发完最后一个瓶子,镜头落在透明的瓶子上。

10.时:昏【FB】

　景:山路

　人:安颜(24岁)、张楠(13岁,男)、田如林(13岁,男)

　2002年10月。

　　日落西山,在崎岖的山路上。

　　镜转上场,同样落在玻璃瓶上。一双少年的手,打开了玻璃瓶盖。

张　楠:安老师,您喝口水吧。

　　镜头跟着玻璃瓶移动,24岁的安颜出现在了画面内。初入职场的她一身运动服,青涩、充满朝气,此时因为走了太多的山路而大汗淋漓,正弯腰喘气。

安　颜:(气喘吁吁)你们村到底还有多远啊?

　　站在安颜面前的是两个小男孩。个子瘦瘦小小的叫张楠,皮肤是当地孩子常见的黝黑,可看起来却是很精神的样子;田如林则壮壮的,比张楠要高上一个头,略带一点憨厚之气。

田如林:(指着不远处的一座大山)老师,您看,就在那座山的下面。

　　安颜看着连绵的山,险些腿软。

安　颜:(有些崩溃)你刚刚不是说爬过三座山就到了吗?

田如林咯咯笑起来。

张楠推了一把田如林。

张　楠：老师，他骗您的，他是怕您走不动，才故意少讲的。从镇上到我们村，一共要爬十一座山，下十个坡。

安颜吃惊地看着张楠。

安　颜：所以到底还有多远啊？

张　楠：上三座山，下两个坡。

安颜苦笑着。

安　颜：行，快走吧。

张楠和田如林继续往前走。

张楠捅捅田如林的腰。

张　楠：说好了哦，今天安老师到你家吃晚饭。

田如林：给我看一个星期的作业。

张　楠：要得。

11. 时：昏【FB】

　　景：白果村—田如林家茶园

　　人：安颜、田如林、田父、田母

　　一排排油绿油绿的茶树从梯田底部蜿蜒而上，像一片绿色的海洋。

　　时值黄昏，茶园也被染上一层金色。几位采茶的村民，正用灵巧的双手采摘茶叶，其中就有田如林的父亲。

田如林：爸爸！

　　正在劳作的田父停下了手里的活计。

田　父：你娃娃跑来搞哪样？

田如林：爸爸，我带安老师过来。

　　田父看到安颜，顿显局促。

田　父：老师，您咋个来了？是不是这个娃娃在学校犯了哪样事？

　　安颜笑了笑。

安　颜：田叔，您不用紧张，我是来家访的，晓得您忙，我就直接过来茶园了，免得耽误您干活路。

　　田父闻言松了口气。

田　父：那就好，不是犯事就行。安老师您等一下，我就快采完了。

安　颜：您不要着急，不用上来，我过去帮您采。

田　父：哦哟，那咋个好意思。

安　颜：田叔，没得事。

　　镜头转，安颜已经背上了采茶的背篓，和田父边采茶边聊。田如林则在稍远一些的地方帮父亲采茶。

安　颜：田如林在学校表现挺好的，虽然成绩有待提高，但是他很有礼貌，也很有责任心，交给他的事情，他都做得很好。

　　田父面对老师还有些不自在，只能靠手上采茶的动作来转移尴尬。

174

田　父：没给老师添麻烦就好。那他有没得希望考上一中？

安　颜：我相信只要他继续努力，还是有希望的。

田　父：你们老师都是这样讲。哎！那就是没得希望了。

安　颜：田叔，我一直在鼓励他，让他再加把劲，好好努力，考个好学校，所以来做家访，希望你们家长也多鼓励他，支持他。

田　父：安老师，不是我们不支持，而是这个账算不过来。初中毕业，要是读高中，能考上一中，就有希望考上重点大学，那还有点盼头。如果是普通高中，搞三年，再上个普通大学，又搞四年，那要花好多学费，好多生活费哟！毕业出来都二十三四岁了，又不包分配工作，还是只有出去打工，那还不如初中毕业直接去打工，不仅能存钱，还可以早点让我们抱孙子啊。

　　安颜闻声哭笑不得。

安　颜：虽然不包分配了，但是读书多，见识也就多，未来他可以选择的也就更多。

田　父：那些对我们来讲都太空了。我们家祖上三代都没得读书的，只是现在政策好。以前，我们读到小学就不错了，现在这样已经很好了。

　　安颜有些语塞。

安　颜：田叔，时代不同了，现在国家"普九"，相信未来连高中也要普及。以田如林现在的成绩，只要再努把力，考个五年制大专，还是很有希望的，以后找工作——

　　田父对此似乎并不感兴趣。

田　父：算了，镇上有个读完五年制大专回来的，读的时候说是包分配，今年六月就毕业了，就差一年，现在又不包分配了。读了那么多年书，工作又没找到，又不想回家务农，弄得高不成低不就的，没得办法，马上就要去广州打工了。

　　安颜的轴劲儿上来了，还要坚持说服对方。

安　颜：不是，打工也分好几种嘛，有靠脑力的，有靠体力的……

　　哪知田父已经不想继续这个话题，便打断安颜，朝远处的田如林大声喊。

田　父：崽，去把你妈下午给我带的梨子拿来，让安老师解解渴。

12. 时：昏【FB】

　　景：白果村—小径上

　　人：安颜、田如林

　　田如林领着安颜走在去往张楠家的小径上。小径用青石板铺着，下面是两米来高的坎。

　　田如林不断回头看安颜。

田如林：老师，您慢点哈。

安　颜：没事，你自己小心点，不要总回头，当心自己摔跤。

田如林：老师，我爸爸就那个样子，您不要往心里去哈。

安　颜：（有些心疼地看着田如林）没事，老师觉得你爸爸人很好。

　　田如林看了眼安颜，欲言又止。

安　颜：咋啦？

田如林：老师，一会儿你去张楠家家访完，能不能还是回我家吃晚饭？

　　安颜闻声好奇。

安　颜：啊？为哪样？

　　田如林犹豫了一下，没说话，继续朝前走。

13. 时：昏【FB】

　　景：张楠家

　　人：安颜、张楠、张奶奶、田如林

　　张楠家是典型的西南乡村建筑，木质结构加青瓦，中间是堂屋，两边各是一个卧室。房子的两边各搭了两间偏房，左边是厨房，右边是猪圈。

　　田如林带着安颜到张楠家时，只见张楠正蹲在柴房里专注地看着什么。

田如林：张楠！

　　张楠没看到安颜，对田如林做了个"嘘"的动作。

　　安颜见状很好奇，也没说话，径直走了过去。

　　走近了，只见张楠正在看一只老母鸡蹲在窝里孵蛋。张楠看得极专注，眼中充满了期待。

张　楠：就这一两天，就该破壳了，这次有十五个蛋，希望全都可以孵出来。

田如林：哦哟，天，那你发财啰。我记得你上次那一批鸡，卖了几百元钱。

张　楠：嗯，下学期的学费就靠他们了。

　　　安颜看着张楠，被这一幕感动。

　　　张楠一侧头，看见安颜也在旁边，这才不好意思地直起身来。

张　楠：小林，老师来了，你咋个也不说一声啊。

田如林：是你不让我讲话的。

安　颜：（笑起来）没得事，现在是关键时期，的确不能打扰你。

　　　张楠羞红了脸。

张　楠：小林，你帮我给老师搬把椅子，我给老师倒水。

　　　张楠说罢，便往厨房跑去了。

　　　田如林搬了椅子，招呼安颜在院子里坐下。

　　　少时，张楠端着一碗水出来了，还领着张奶奶。

　　　张奶奶七十多岁的年纪，看起来还很健康。

张　楠：婆，这个是我们班主任安老师，她来家访，你们讲话哈，我去做饭，煮猪菜。

　　　张楠羞涩地看向安颜。

张　楠：安老师，您坐哈，我去忙了。

安　颜：你去嘛。

张奶奶：安老师，坐。

　　安颜并没有立刻坐下，而是观察着张楠家的环境。

田如林：安老师，我去帮张楠。

安　颜：要得，去嘛。

　　田如林迅速地跑开。

　　张楠家明显很清贫，桌子板凳都很旧，可以用家徒四壁来形容，但好在收拾得干净整洁。

　　不过张楠家的堂屋却格外有特色，一整面墙都是张楠从小学到现在的奖状——三好学生、作文比赛、体育项目，几乎涵盖这个年纪所有能拿的奖。

　　安颜叹为观止。

安　颜：天啊，我第一次看到这么壮观的奖状墙。

　　张奶奶对此显然很满意。

张奶奶：张楠这个娃娃，六岁起他的爸妈就不在身边，我又认不到字，学习全靠他自己。他放学回家还会帮我干活路，懂事得很。

　　安颜开始有些心疼起来。

安　颜：他现在是我们班第一名，小学毕业考试，语文九十八分，数学一百分。进初中后的分班考试，他也是第一名，语文九十六分，数学九十七分。

张奶奶：那是你们老师教得好。

安　颜：还是他自身努力。张奶奶，张楠平时在家都干哪样农活啊？

张奶奶：养鸡、喂猪。

安　颜：那他父母好久回来一次？

张奶奶：他爸爸在外面打工，已经七年没有回来了。

　　　安颜怔住。

安　颜：七年？一直是你们两个在家？

张奶奶：是啊，所以养了两头猪，过年的时候卖一头，杀一头。

　　　安颜怔了怔。

安　颜：那张楠他妈妈——

张奶奶：（苦笑着）我也不瞒老师，她妈妈在牢里头。

　　　安颜震惊，稍缓，犹豫地开口。

安　颜：方便问是哪样原因吗？

张奶奶：（叹息着）我们这个村，一到夏天就缺水，大家为了抢点水，经常打得头破血流。张楠六岁那年，他妈妈跟人家抢水灌田，失手把人家推到水田里淹死了。

　　　安颜张大了嘴巴看着张奶奶。

安　颜：这……这……

　　　安颜顿时红了眼眶，她无法想象这祖孙俩的生活是怎么过来的。

安　颜：（心疼地）那现在他妈妈……

张奶奶：起初是死缓，后来因为表现好，改成无期徒刑，去年又改成了有期，十六年。

安颜顿了许久，才再度说出话来。

安　颜：那家里头现在有没得哪样困难？

张奶奶却瞬间变得满面笑容。

张奶奶：哪家没得点困难嘛，讲来讲去，都是钱的事。张楠这个娃娃乖。我们平时养点鸡，喂几头猪。他爸爸在外头打工，也会给我们寄些钱回来。日子还算过得下去，已经很好了。

安颜不敢相信地看着眼前满头白发的老人。

安　颜：奶奶，你很看得开哦，家头出了这么多事……

张奶奶：哈哈，安老师，我都快八十岁的人了，哪样事情没经历过？再难也没得过去难啊！人嘛，开心是一天，难过是一天，每天苦大仇深地搞哪样？

此时，厨房中传来张楠爽朗的笑声。

安颜听见，深受感染。

安　颜：难怪张楠会这么优秀。

14. 时：昏【FB】

　　景：张楠家—厨房内

　　人：张楠、田如林

　　张楠在厨房忙活着，三口锅同时开工，最大的锅煮猪菜，中间的锅炒菜，最小的锅煮饭。

张楠显然对此已经很熟悉，井然有序地张罗着厨房里的事情，从坛子里抓出一大把酸菜，然后将葱切成段，拍了几瓣蒜。旁边还有切好的洋芋片，洗好的玉荷秆。

　　张楠乐不可支。

张　楠：你爸爸真的这样讲？但是我觉得，这个事你还是听安老师的，多读点书总有好处。

　　田如林苦着脸。

田如林：我又不像你学习好。

张　楠：那你就应该好好努力。你站起没事，帮我烧火。

　　张楠一边掌勺，一边瞥向堂屋，带着略有担忧的表情。

田如林：你总看外头是哪样意思？

张　楠：也不晓得安老师还要聊好久，要是我做完饭她都还没走，咋个办？

田如林：没得事，我都按你的意思讲了，请安老师去我家吃晚饭。

张　楠：就你懂事。

15. 时：昏【FB】

　　景：猪圈内

　　人：安颜、张奶奶、张楠

　　张奶奶领着安颜去看他们家养的两头猪，其中一头猪已经有八十来斤重了。

张奶奶：张楠把这头猪当宝贝一样，养得好肥哟。我每年给他存一头猪的钱，好送他读高中。

　　安颜闻声，有些心疼。

安　颜：张奶奶，学费您不用担心。如果有哪样困难，一定要跟我讲，我跟学校会想办法的。

　　张奶奶眼中，分明看到了希望。

张奶奶：他这个娃娃，从小就犟，不想让别人觉得他弱，所以不管多累，他放学回家的第一件事，就是去打猪菜。吃饭也要先给它们吃。

　　张楠拎着一大桶猪食进来了，见安颜在里面，他有些不好意思。

张　楠：安老师，您快出去嘛，这里面脏。

安　颜：没得事，这两头猪被你养得很好，都是膘。

张　楠：婆，你咋个把安老师带到这里来了？

张奶奶：她想看看。

安　颜：对头，我好奇得很。

　　安颜和张奶奶给张楠让出位置，张楠娴熟地将猪食倒进用石头凿的猪槽里面。

张　楠：安老师，刚才田如林跟我讲，他请你去他家吃饭，我就不留你了哈。

　　安老师闻声一愣。

　　张奶奶闻声却有些不高兴。

张奶奶：你这娃娃不懂事，老师都来我们家了，哪有去别人家吃饭的道理。

张　楠：婆，我们家……

　　张奶奶忽然明白了张楠是什么意思，大声地笑了起来。

张奶奶：你这个娃娃，我们家有哪样就请安老师吃哪样，我想安老师也不是嫌贫爱富的人。

　　张楠低垂着头不说话。

　　安颜被张奶奶的质朴和善良打动。

安　颜：你奶奶讲得对，我今天就在你家吃饭了哈。

16. 时：昏【FB】

　　景：张楠家—院子

　　人：安颜、张奶奶、张楠、田如林

　　田如林一边给安颜拿瓢舀水洗手，一边请安颜跟自己回家。

田如林：安老师，我们该回去吃饭了。

　　张奶奶正从厨房端着两盘菜出来，放在院中的方桌上。

张奶奶：（大方地）小林，你回去跟你家爸妈讲，安老师就在我家吃了。

　　安颜瞧见，一盘糟辣椒炒玉荷秆、一盘野葱酸菜、一盘炒泡黄豆、一大碗用洋芋和酸菜做的汤。

安　颜：对，田如林，我好久没吃酸菜了，闻起来就香，我就在张楠家吃了，谢谢你家爸妈哈。

田如林吃惊地看着安颜。

田如林：啊？原来老师喜欢吃酸菜啊！张楠还担心家里头没得肉，所以让我请您去我家吃饭。

张楠喂完猪回来，闻声很是尴尬。

张　楠：小林，你嘴巴咋个没把风呢？

安　颜：我是真的喜欢吃酸菜，你不会没煮我的饭吧？你放心，我吃得很少。

张奶奶将一把椅子递到安颜面前。

张奶奶：（看向张楠）你不是讲安老师是城里头来的吗？人家就喜欢吃我们这些乡下菜。

张楠有些没好气地将泔桶拎进厨房，瞥了一眼田如林。

张　楠：（对着小林）我没煮你的饭，你可以回去了。

田如林灰溜溜地走了。

安　颜：跟你妈妈讲，谢谢了，下次去你家吃哈。

田如林：好。

田如林迅速地跑开。

三人坐下来一起吃饭，张楠只顾埋头吃，一句话也没说。张奶奶则热情地招呼安颜。

张奶奶：安老师，没得哪样菜，您就填饱肚子哈。

安　颜：没得事，这个酸菜太香了，好吃得很，第一回吃张楠做的菜，很有意义。（安颜看着泡发的黄豆）对了，你这个炒黄豆是咋个做的？太好吃了。

張　楠：头天先把黄豆炒香，然后再用水泡软、泡发，再放糍粑辣椒和大蒜叶爆炒。

　　安颜用酸菜和炒黄豆拌饭，吃得津津有味，时不时打量着张楠。

　　张楠连头都没敢抬，只是扒拉着米饭。

　　就在此时，田如林忽然端着一盘腊肉跑来了，满头大汗。

　　田如林将满满一盘肉放在桌子上。

田如林：安老师，我把肉端来了。

安　颜：啊？这是咋个回事？

田如林：我妈妈怕你吃不惯张楠家的酸菜，就让我把肉端来。

　　张楠这才抬起头来，起身找了一双没有用过的筷子，给安颜夹了一大筷子肉。

张　楠：老师，他端来了您就吃嘛。

　　安颜苦笑着。

安　颜：要得，那大家一起吃嘛。

　　田如林就要转身离去，却被张楠叫住。

张　楠：你也陪老师一起吃。

　　田如林高兴极了，赶忙跑去给自己盛了一碗饭端出来。

　　田如林刚坐下，张楠碰了碰他的脚。

张　楠：一个星期的作业泡汤了。

田如林：（顿时炸了）是老师不愿意去的，你不能——

　　张楠瞪了田如林一眼。

田如林这才意识到安颜正看着他们。

田如林：老师，我只是跟张楠对答案，作业我还是会自己做的。

安颜笑起来，却很心疼地看着张楠。

安　颜：张楠，老师是真的喜欢吃酸菜。我外婆家也是农村的，每次去她家，她都会给我带各种酸菜。我记得，有青菜酸、野葱酸、酸豇豆，还有萝卜酸。

张楠闻声将信将疑地看着安颜，心里却已是如释重负。

张　楠：听大家讲，您是城里头长大的，居然晓得这么多种酸菜？

安　颜：是啊。

安颜说着，舀了一大勺酸菜汤，然后喝了下去。

安　颜：你这个汤太香了，我已经喝了两碗了。

张楠闻言，憨笑出声。

可桌上的那盘肉，除了第一筷子，没有人再动过，倒是酸菜，都空了盘。

17. 时：夜【FB】

景：山路上

人：安颜、张楠、田如林

满天星辰之下，安颜带着张楠和田如林走在回学校的路上。

张　楠：我未来想做一名律师。

安颜有些疑惑地看着踌躇满志的张楠。

安　颜：为什么啊？

张　楠：打官司太贵了，好多没钱的人都请不起律师。我以后要做律师，没钱的人我就免费帮他。

　　安颜忽然想到什么。

安　颜：是因为你妈妈，对吗？

　　张楠沉默地点点头。

　　安颜心疼地搂着张楠的肩膀。

安　颜：你的想法很好。（看向一旁的田如林）田如林，你呢？

田如林：我啊，我喜欢车，以后能给别人开车也不错。

　　安颜不由得笑起来。

安　颜：能做自己喜欢的事，又能养家糊口，很好啊。

　　田如林拍拍张楠的肩膀。

田如林：以后哥免费载你哈。

　　安颜看着两个对未来充满希望的孩子。

安　颜：张楠，你身为班长，帮老师一个忙。你在班里统计一下，让住校生中没有肉吃的同学，每个月拿一瓶酸菜去我宿舍换每周一顿肉吃。

　　张楠和田如林都心思单纯，不解地看着安颜。

张　楠：啊？为哪样？

安　颜：老师想吃酸菜。

　　田如林闻声很高兴。

田如林：老师，我家也有酸菜，我也可以来换吗？

安　颜：（爽朗地笑着）可以，当然可以。

188

18. 时：昏

　　景：教师宿舍外—安颜的小菜园旁

　　人：安颜、裴方慧、王怡然、丛斌、何广然、崔永智

　　桌上盘子里的菜已被一扫而空，学生吃得欢快而满足。

安　颜：怎么样，都吃好了吗？

王怡然：嗯，安老师您做的饭每次都这么好吃！

何广然：要不是我今天不能吃太多，非得再来两碗不可。

安　颜：好，老师给你记下了，这两碗下次补给你。

丛　斌：（赶忙举手）老师，我也要！

　　众人哄笑。

安　颜：没问题！那既然大家都吃好了，就早点回去写作业吧。

　　安颜的手机再次响起。

19. 时：昏

　　景：和平中学—校门口

　　人：安颜、张楠（23岁）、王仁光

　　安颜拿着手机来到校门口，眼前一亮，门口竟然站着自己教的第一届毕业生张楠，浓眉大眼，个子虽不高，但眉宇间充满了英气，脸上带着笑容，颇具亲和力。

　　安颜快步上前，张楠也已经看到了她。

张　楠：安老师。

安　颜：这人真是念不得，刚还跟你的学弟学妹提起你，你就来了，太吓人了。

　　　　张楠看向保安。

张　楠：学校变化挺大的，保安大叔都换了，认不出我了，不然我还想去您宿舍给您个惊喜呢。

　　　　保安王仁光是个中年大叔，忠厚老实，刚正不阿，此时有些不好意思地看向安颜和张楠。

王仁光：不好意思啊，我不晓得你是安老师的学生。

安　颜：没事啊师傅，这是你的工作。（对张楠）快进来吧。

　　　　安颜一边领着张楠往里走，一边打量着张楠。

安　颜：白了很多，看来上海的水把你养得很好，穿得也时髦了，小伙子很帅！

　　　　张楠被说得有些不好意思。

张　楠：不是，您跟他们说我什么呢？

安　颜：正好他们去我那换酸菜，有个学妹拿了跟你当年做的一样的炒黄豆，那味儿跟你做的不相上下……

　　　　张楠久别重逢的笑容顿时僵住。

张　楠：安老师，十多年了，酸菜换肉的传统还在呢？

　　　　安颜闻声也很感慨。

安　颜：是啊，时间过得也太快了……

20. 时：昏

　　景：和平中学

　　人：安颜、张楠、环境人物若干

　　　黄昏时分，张楠陪安颜在操场上打篮球。

　　　张楠防守，安颜进攻，命中率极高。

　　　虽是早春，张楠却已经出汗。

安　颜：说实话，我从小在市里长大，那次去你家的时候，觉得你家的条件太艰苦了，很心疼，特别想为你们做点什么，但是没想到你和你奶奶都那么乐观，一点儿也不说苦，尤其是你那会儿看老母鸡孵蛋的神情，我至今还记得。所以，我就想着，我得像那只老母鸡一样，守着你们，等着你们破壳……

　　　安颜言罢再度进攻。

　　　张楠体力不支，防守渐渐懈怠。

安　颜：张楠，看来你缺乏锻炼啊。

张　楠：老师，是您太厉害了。再说了，我们打篮球，还是您教的呢。

　　　安颜乐不可支。

安　颜：你们那会儿体育老师不够，只能我兼课，说出去能笑死人。时间过得太快了。

　　　这次换张楠进攻，安颜防守。

　　　张楠笑了起来。

春风化雨

张　楠：老师，我来看您，是因为我又迷茫了。

安　颜：怎么了？

张　楠：大四就要定方向了，我还在犹豫是继续读研还是找工作。如果继续读研的话，就意味着我还不能赚钱养家，我爸还在外面打工，我妈也还有两年才能出狱，而我奶奶已经八十七岁了，这次回来看她，她的身体明显差了很多。我真的很担心有一天会"子欲养而亲不待"。

　　张楠投完球，球没有进。他站在原地。

安　颜：那你自己内心到底怎么想的呢？想读研吗？

张　楠：肯定是想的。我读的是中文系，也辅修了法学的第二专业。但无论是中文系，还是法学，本科四年根本不够。但我又想，是不是该陪在奶奶身边才对。

　　安颜拍拍张楠的肩膀。

安　颜：老母鸡孵小鸡，难道是希望小鸡能一直留在窝里吗？我相信奶奶看到你读研，看到你取得了这么多的成绩，那份快乐和自豪，可不是其他东西能取代的。老师还是当年那句话，一切要遵从自己的内心，其余的就顺其自然，尽力而为。

　　张楠如释重负地点了点头。

　　换回安颜进攻，张楠防守。

安　颜：其实，老师现在也挺迷茫的。新来的校长叫我当副校长，我有点犹豫。

张　楠：老师在犹豫什么呢？

192

安　颜：你们那会儿不是叫我"灭绝师太"嘛。我这人吧，喜欢跟自己较真，眼睛里揉不得沙子，偏偏叫我管食堂。你想，原来的食堂，不知道是谁的关系户。现在换成国家的了，那些人该怎么安排呢？

　　张楠闻声却笑了。

安　颜：啧，你笑什么？

张　楠：遇事退缩这可不像是您的风格啊。您就把那些危害食品安全的人和事想象成老鹰，当小鸡受到老鹰的威胁时，鸡妈妈该怎么做呢？我记得您不止一次吐槽学校食堂越来越难吃了吧？您虽然不是校长，但提意见最积极。既然现在有机会，为什么不替小鸡出头呢？

　　安颜伸手拍了张楠一下。

安　颜：嘿，你小子，都学会以其人之道还治其人之身了啊。

张　楠：我们都是看别人的事情清楚，看自己的事情糊涂。既然给您机会改变，那就公开竞争呗！更何况，您的初心都是为了学生。

　　安颜笑起来，打量着张楠。

安　颜：不错不错，真是长大了，三言两语就把我的任督二脉打通了。

　　安颜佯装进攻，张楠防守，结果安颜却直接投了一个三分球。

21. 时：晨

　　景：校长办公室内

　　人：安颜、周圣杰

　　安颜站在周圣杰面前，颇有几分壮士断腕的气势。

安　颜：校长，我可以答应您当这个副校长，但是我也要提要求。营养午餐是一件天大的好事，孩子太需要了。但是厨师用谁，买谁的菜，我要全部推翻重来，现有那些小食堂的老板，也可以竞争上岗，做菜的就比厨艺，让学生和老师一起盲评。送菜的，比品质，比价格，绝不能只看关系，即便是教职工家属也不行。您要是觉得行，我就做。

　　周圣杰笑起来。

周圣杰：我要的就是你这气势，人情社会，关系户在所难免，但是不良关系户，就应该被清理。

　　周圣杰顿了顿，思考了一下，继续说道。

周圣杰：那你看，是否可以安排丛俊生老师和你交接上课？

安　颜：这是我想跟您探讨的第二个问题。

22. 时：晨

　　景：和平中学—物理教研组

　　人：安颜、丛俊生、环境人物若干

　　和平中学物理教研组内，安颜向同事介绍丛俊生。

安　颜：丛老师支教期间，主要负责咱们教研组的课题研究。希望大家可以利用这段时间，跟丛老师做几个课题出来，尤其是市级课题，我们今年还没着落呢，感觉要挂零了。这是我们最大的短板，也请丛老师多提点提点。

　　　丛俊生闻言十分震惊。

丛俊生：（疑惑地）只是做课题，不上课吗？

　　　安颜微笑着点了点头。

安　颜：对的，综合考虑各方因素，这是目前比较合适的安排。

　　　丛俊生愣住了，一时不知如何反应。

安　颜：那你就先用这个工位吧，我先去忙了。

　　　安颜说罢往外面走去。

　　　丛俊生连忙跟了上去。

23. 时：晨

　　景：和平中学—走廊

　　人：安颜、丛俊生

　　　丛俊生着急地跟在安颜身后。

丛俊生：安老师，我想跟您谈谈。

　　　安颜边走边回应。

安　颜：嗯，请说。

丛俊生：我认为一个老师的价值是体现在课堂上的，虽然我是来支教的，但也会好好给学生上课。

安颜闻声停了下来，回头看着丛俊生。

安　颜：丛老师，你的心情我可以理解，但是你既然来了，就服从学校的安排吧，还是请你牵头帮我们把课题抓起来比较好。

丛俊生轴劲儿上来了，有些着急。

丛俊生：课题我可以带着，但是课我也得上。

安颜见状，审视着丛俊生。

安　颜：你不会觉得我是在针对你吧？

丛俊生：（顿了顿）我只是想跟您争取一下上课的机会。

安　颜：丛老师，你来支教，除你说的学习乡村教育经验以外，还有评职称的考量吧？支教的课时量得够，这是上级部门的要求。不过你放心，我已经跟周校长商量过了，你做课题我们也给你算一样的课时，和上课没有区别。

丛俊生：（执着地）这是两码事，暂且不说我能不能评职称，我就是不理解，为什么不让我上课？

安　颜：物理课一共就两年，你一年后就要走，那你上的那个班，势必要换老师。这里的孩子跟城里不一样，对老师依赖性特别强，如果中途换了老师，对他们的影响会非常大。

丛俊生对此说法很不服气，嗤笑一声。

丛俊生：难道你们这里从来没有换过老师吗？这个理由真的无法说服我。

安颜也没有生气，继续耐心地解释。

安　颜：当然会有，但一般都非我们能控制。可如果我明明知道你会离开，还安排你，我认为这是对学生不负责任。

丛俊生：我认为您这是偏见！

　　安颜顿了顿，直面丛俊生。

安　颜：你了解这里的孩子吗？你知道你的第一课要从哪里上起吗？

　　丛俊生愣住，没有答话。安颜恢复了得体却拒人于千里之外的微笑。

安　颜：如果你对工作安排不满意，可以去找校长沟通，我真的要去工作了。

　　安颜说罢，转身离开。

　　丛俊生看着安颜的背影，满脸不服气。

24. 时：日

　　景：和平中学—食堂门口

　　人：安颜、周圣杰、钟玉科、丛俊生、王金花、陆敏、李琴、付清水、冉平贵、刘志修、杨志、环境人物若干

　　和平中学的食堂门口，挂着"和平中学食堂厨艺大比拼"的横幅。

　　周圣杰、安颜、钟玉科皆在场。

　　烧好的菜都依次放在门口，菜的前面有号码牌。

　　人群中的丛俊生，视线跟安颜交会，他别扭地转向一边。

　　安颜则毫不在意地笑了笑。

以丛俊生为首的老师和学生人手一个饭盒，排着队挨个品尝。品尝完以后，如果对菜色满意，就拿走对应的号码牌，放到旁边的投票箱里去。

安　颜：请大家慎重投票。

周圣杰：这次没被选中的师傅也不用灰心，选上的师傅也不能松懈。学校营养午餐的食堂，每学期做一次调查。如果超过半数的人觉得菜品不好吃，我们会考虑更换厨师。

站在一旁的厨师们，都眼巴巴地看着各自菜前的号码牌。

学生和老师都已经投完票。

学生投完票都离开了，剩下的是老师和候选厨师。

此时，钟玉科副校长和英语老师陆敏正在唱票，食堂的厨师候选人都紧张地看着黑板。最终，2号厨师以压倒性优势胜出。

钟玉科：结果出来了，恭喜2号。2号菜是哪位厨师做的啊？

此时一个四十多岁，身材胖胖的男厨师从人群中走了出来。

付清水：谢谢大家，我是付清水。

大家都纷纷鼓掌。

周圣杰看着安颜。

周圣杰：安老师，你这个"操盘手"说几句吧。

安　颜：我这人直。国家出台这么好的政策来关心学生的营养，我们都是有子女的，也希望你们做的菜，可以像做给自己家孩子吃一样用心。尤其是食品安全，一定要放在第一位……

哪知安颜话没说完，忽然一碗饭直接扣在了安颜的脸上。

人群顿时慌乱起来。

周圣杰一把拉住扣饭的人，正是王金花。此时，她气急败坏地看着安颜。

周圣杰：王金花，你搞什么？

王金花：搞哪样？我在学校食堂工作二十年了，以前我男人当副校长的时候，你们都巴结他。他人死了，你们连我都要撵走？做人还有没有点良心？你这个女的，三天两头举报我，我早就想打你了。

安颜抹掉脸上的米饭，愤怒地看着王金花。

安　颜：金花姐，就你做的菜，不仅难吃，卫生也不好。前段时间还出了食品安全的大事，要不是看在史校长一辈子都献给和平中学的份上，你早就被撵出去了。

王金花：哼，哪个晓得你和付清水是哪样关系，你家老公不在身边，哪个晓得你是不是偷了一张长期饭票！

付清水：（急了）欸，你这个人，咋个一张嘴就带粪哦？

安颜气得直哆嗦，看了看四周。

安　颜：刚才你扣我一脸饭，我作为老师，现在又是分管食堂的，你对我工作有意见，我可以不和你计较，但是你现在侮辱我，就不行了……

安颜话音刚落，就操起旁边的瓢，一瓢水向王金花的头上浇了下去。

王金花惊叫出声。

周圣杰、钟玉科和丛俊生都看呆了。

眼见王金花就要冲上来撕扯安颜，被丛俊生下意识地一把拉住。

周圣杰：你再这样闹，我就喊派出所的来。你真是不知道好歹，现在学校有了营养午餐，哪怕你的经营许可证没有被吊销，店铺也要关闭。还有哪点对不起你？你现在管学生宿舍的工作，那还是安老师给的建议。

王金花闻声语塞，不敢置信地看着安颜。

此时，保安王仁光赶来了，一把抓着王金花就走。

王仁光：姐，不要在这里丢人了。

李琴帮安颜捡头发上的饭粒。

李　琴：安老师，没想到你还有这么泼辣的一面。

周圣杰更是不敢置信地看着安颜。

周圣杰：看不出来啊，我终于知道为什么学生都管你叫"灭绝师太"了。

安　颜：周校长，别说风凉话。

安颜捡着头发上的米粒。

安　颜：太浪费了，他们家史校长在世的时候，一定没教她背过《悯农》这首诗。

25. 时：日

景：和平中学—校长办公室内

人：丛俊生、周圣杰

丛俊生满脸不甘地看着周圣杰。

周圣杰却满脸堆笑。

周圣杰：我以人格保证，安颜老师绝对是深思熟虑才做此安排的，绝无个人成见。

丛俊生：可上级部门派我们来支教，不就是希望我们进课堂吗？

周圣杰笑起来。

周圣杰：其实初衷是支援乡村学校的薄弱环节，而课题就是我们学校的薄弱环节。虽然我曾经也想过让你进课堂上课，但不得不说，安老师的考虑是有道理的。

丛俊生还是不服气。

丛俊生：可是，安老师的理由还是无法说服我不上课。

周圣杰：你为什么那么坚持上课呢？（审视着他）是因为上课容易，做课题难吧？担心影响我们对你支教工作的评价？

丛俊生被戳破心思，语塞了。

周圣杰不由得笑了起来。

周圣杰：那你看这样行不行？不管你有没有做成市级课题，绝不影响我们给你算课时和评价。

丛俊生吃惊地看着周校长。

丛俊生：那你们拿什么来考核呢？

　　周圣杰指了指心脏的位置。

周圣杰：良知。

　　丛俊生沉思了许久。

丛俊生：可我也是真想来学点东西。关于乡村学生的教学和管理经验，我是白纸一张。我真心想了解这个群体，这也是学校派我来学习的原因。

　　周圣杰只是微笑地看着丛俊生。

周圣杰：丛老师，问题就在这儿，学生不能成为咱们的"试验田"啊。

　　丛俊生若有所思。

周圣杰：如果你真想学点东西，我建议你不妨像安校长那样，从了解学生做起。

26. 时：日

　　景：和平中学—校园内

　　人：丛俊生、安颜、付清水、裴方慧、环境人物若干

　　一组镜头：

　　丛俊生在档案室，仔细读着学生档案。

　　丛俊生走在路上，观察身边每个学生的状态，时不时做些笔记。

　　丛俊生趁课间休息的时候，跟一两个学生聊天。

丛俊生在操场边，有球滚到他脚下。他拿起球想了想，加入了打球的队伍。

安颜路过操场，看到了丛俊生跟学生互动。

丛俊生在食堂跟学生一起吃午餐。大家吃完饭起身收拾餐盘，丛俊生也跟着站了起来，就在此时，他看到安颜走入食堂。

安颜亲切地跟每一个学生打着招呼。

安　颜：怎么样，大家觉得食堂的饭好吃吗？

众学生：好吃。

安　颜：那就多吃点，你们正是长身体的时候。

打过招呼，安颜也在窗口前打了一份饭菜，选了个安静的地方坐了下来。

丛俊生眼见安颜坐下，便跟同行的学生告了别，来到安颜的桌前。

安颜正吃着饭，抬头看到了丛俊生，并没有很惊讶，一副了然的神情。

安　颜：怎么，丛老师，你找到我那个问题的答案了？

丛俊生：我翻了学校 1123 位学生的档案，其中男生 578 人，女生 545 人，父母都外出打工所以住校的有 413 人，家里有老幼病残不方便照顾的有 187 人。你说的意思无非是这些孩子需要多一些关注，我相信我是能够做到的。

安颜不屑地笑了笑，双手交叉放在胸前。

安　颜：丛老师，如果这就能给你答案的话……那跟上物理课不做实验有什么区别？

丛俊生刚想辩解，一阵争吵声传了过来。

付清水：小姑娘，我观察你好几天了，你咋个还天天吃一份带一份呢？这免费午餐可不是让你们这么贪的。

安颜和丛俊生抬头望去，只见裴方慧被厨师付清水拦下，她手里拿着个饭盒，一脸惊恐又羞愧的表情。

安　颜：（喃喃）裴方慧？

裴方慧情急之下，把饭盒塞到了付清水怀里，转头一溜烟跑掉了。付清水连忙追喊。

付清水：喂，你的饭盒不要了吗？

安颜起身来到付清水面前，丛俊生也跟上。

安　颜：付师傅，刚才怎么了？

付清水：刚才那个小姑娘，我观察她好久了，每天吃午饭，她吃完都会再要一份，说是没吃饱。起初我没在意，以为她不够吃，但后来发现，打第二份之前，她都会先把用过的饭盒洗干净再打，怕不是要省钱，带回家当晚饭吗？但别的学生吃晚饭，都是刷饭卡，自己掏钱。要是人人都像她一样，食堂还咋个开？我刚才也没想咋个，只是想说她两句。

安　颜：我知道了，付师傅你看能不能交给我处理，其他人先暂时不要说。

付清水：好的，好的。

安　颜：麻烦也把饭盒给我吧，我给她送回去。

27. 时：日

　景：食堂门外

　人：安颜、丛俊生

　　安颜拿着饭盒往前走，丛俊生在后面跟着，见安颜不说话，便先开了口。

丛俊生：刚才那个学生叫裴方慧，是你们班上的吗？

　　安颜顿了顿，停了下来，看着丛俊生。

丛俊生：我记得她好像父母都在外打工，但是又不住校，想必是家里有老人吧。那从食堂拿饭应该就是回去给老人吃的，说起来也算是有孝心的。

　　安颜叹了口气，转身继续朝前走。

安　颜：丛老师，真要了解一个学生，不是从档案上看到的那么简单。

　　安颜说完，便转身想走。

　　丛俊生稍显困惑，跟上了安颜。

丛俊生：安老师，我能跟你一块去给裴方慧送饭盒吗？

　　安颜转头看了看丛俊生。

安　颜：行。

28.时：昏

　　景：裴方慧家外

　　人：安颜、裴方慧、裴方浩、丛俊生

　　裴方慧家是位于镇边上一栋砖木结构的平房，跟西南山区大多数的房屋结构一致，中间是堂屋，左右是卧室，再各延伸一间厨房和集养猪、厕所于一体的猪圈。

　　天刚擦黑，安颜和丛俊生来到裴方慧家外院，堂屋关着灯，但厨房的窗口却亮着，裴方慧和弟弟裴方浩两个小小的身影出现在窗前。

　　裴方慧把咸菜罐子拿到桌上，给自己和弟弟碗里各舀了一勺。然后她又拿了一碗隔夜饭递给弟弟，自己却是咸菜就水喝。

　　裴方浩盯着姐姐看了两眼，然后把自己碗里的饭拨给姐姐一些。裴方慧笑着看了眼弟弟，两个人开始就着饭吃。

　　看到这一场景，丛俊生一句话也说不出来，安颜则红了眼眶。

　　安颜悄悄把饭盒放在堂屋的台阶上，转身离开了。丛俊生也跟着离开了。

29. 时：昏

　　景：裴方慧家不远处

　　人：安颜、丛俊生

　　安颜和丛俊生来到离裴方慧家不远的地方。等自己的情绪渐渐稳定后，安颜开了口。

安　颜：裴方慧的父母在她很小的时候就外出打工了，开始她和弟弟跟着爷爷生活，前几年爷爷也去世了，就变成姐弟俩自己在家。学校本来是想让父母不在身边的留守儿童统一住校，但方慧提出自己还有上小学的弟弟要照顾，所以拒绝了。

丛俊生：我是真没有想到，他们也太可怜了。

安　颜：不，你错了，他们并不需要可怜。我刚才哽咽不是因为看到他们没人照顾，而是看到了他们逆境中的坦然。你知道吗？像裴方慧这种情况并不是个例，他们需要的不是同情，而是共情。作为老师，我们能做的就是怎么引导他们走好属于他们的路。

　　丛俊生在消化安颜的话，半晌没有开口。

安　颜：（轻笑）怎么了，这就没话了？还谈什么给学生上课。

丛俊生：我就是在想，怎么能更好地帮助他们。你说是不是应该建议食堂，如果每天有剩下的饭菜，就让有这种情况的学生打包带走。

安　颜：（笑了笑）是个主意，但还是想简单了。

丛俊生思索着，突然兴奋起来。

丛俊生：哦，我知道了！这件事的根本在于，不能让学生觉得可以不劳而获。我有主意了，可以让这样的学生报名，然后组织大家去食堂帮厨，参与劳动的学生可以获得一份饭菜。

安颜微笑着，拍了拍丛俊生的肩膀，然后转身离开了。丛俊生朝着安颜的背影喊话。

丛俊生：安老师，我知道该怎么做了，明天见！

安颜只留下背影给丛俊生，脸上却挂起了微笑。

30. 时：日

景：和平中学—食堂内

人：安颜、付清水、裴方慧、丛俊生

裴方慧：付叔叔，对不起，我那样偷偷拿饭菜回去，是不对的，我跟您道歉。

裴方慧站在付清水面前，低垂着头道歉。

付清水反而不好意思地看着安颜和丛俊生。

付清水：安老师、丛老师，这……其实也没事，就是担心娃娃养成不好的习惯。

裴方慧：付叔叔，那您愿意让我来帮厨换饭吗？

付清水：没问题，从明天开始，吃完午饭，你过来帮忙一起打扫卫生嘛。

裴方慧开心地看向丛俊生和安颜。

付清水：那你们聊，我去收拾下后厨哈。

付清水走开了。丛俊生鼓励裴方慧。

丛俊生：方慧，你不是还有话想问安老师吗？

裴方慧本有些胆怯，但还是上前，从宽松的校服袖子里拿出一瓶酸菜，递到安颜面前。

裴方慧：安老师，您还愿意换我的酸菜吗？

安颜见状哭笑不得，还是接了过来。

安　颜：方慧，这瓶酸菜我收下了……但以后就不必了。

裴方慧一听，着急了。

裴方慧：安老师，您是不愿意原谅我吗？

安颜知道裴方慧误会了，便在裴方慧面前蹲了下来，仰视着她。

安　颜：方慧，老师觉得知错能改就是好孩子，所以会原谅你的。只不过现在已经有营养午餐了，你们就不需要来我这换肉了，老师也不能白吃你们的酸菜呀。这跟你不能白拿食堂的饭菜是一个道理。

裴方慧似懂非懂地点了点头。安颜笑着拍了拍裴方慧的头。

安　颜：好了，你快回家吧。

裴方慧遂转身跑开。丛俊生欣慰地看向裴方慧的背影。安颜朝丛俊生扬了扬手里的酸菜罐子。

安　颜：丛老师，你喜欢吃酸菜吗？

丛俊生：啊？

31. 时：夜

景：顺安县—符胜治家

人：安颜、钟玉科、符胜治、周圣杰、丛俊生、陆敏、李琴、冉平贵、刘志修、杨志

符胜治家是一个简单的三居室。

不大不小的客厅里，摆了一桌子菜。

安颜领着丛俊生熟门熟路地进来了。

钟玉科、符胜治和周圣杰校长以及几位老师已经在里面了。

周圣杰：哟，小丛也来啦，你们随便坐。

丛俊生：周校长好，我跟着来蹭饭了。

符胜治：丛老师，欢迎啊！

丛俊生：（看着一桌子菜很震撼）这些都是您自己做的啊？

符胜治：对，我就喜欢弄点吃的。

钟玉科：符校长的手艺可是一绝，我们隔三岔五就要到他家来吃一顿。

新来的丛俊生对此感到很新鲜。

丛俊生：你们氛围真好，我们最多一个学期教研组聚一次，没这么家常，大家平时下了班就回家了。

符胜治闻声很高兴。

符胜治：那以后欢迎你常来。听说你是大学本科毕业的，你们学校课题研究是全市做得最好的，你多带我们的老师做做课

题。我们好多老师都是师专毕业，专升本上来的，学术研究能力很欠缺。

丛俊生闻声，反而有点不好意思了。

丛俊生：我一定尽力。

安颜看了看桌上的菜，有野葱酸、青菜酸、酸豇豆、干萝卜酸等，全都是花样翻新的酸菜。

安　颜：符校长，您这是搞酸菜宴啊，还没吃够呢？

刘志修：我们正在聊，符校长啊，这回是把咱的酸菜彻底清仓了。

安颜从包里掏出裴方慧的那瓶酸菜。

安　颜：那应该也不差我这一瓶了吧？

陆　敏：不是吧，安老师，你还要加菜啊？

冉平贵：唉，咱们以后再也不用吃酸菜了，彻底解放了，今天这最后一回，还是可以纪念下的。

冉平贵说着，拿来了几瓶啤酒和果汁摆在桌上。

李琴打开了一瓶果汁。

李　琴：我发誓这是我最后一次吃酸菜了！

众人闻言大笑，丛俊生却满脸疑惑。

丛俊生：你们这些酸菜，都是跟学生换来的？

刘志修：那当然了！也不知道是从谁那开的头，告诉学生自己喜欢吃酸菜，不喜欢吃肉，学生就经常拿着自家的酸菜来跟老师换肉。这都成为我们和平中学的传统啦。

符校长端上了最后一道菜，招呼大家依次就座。

杨　　志：啊，不是符校长开的头吗？

　　　　符校长哈哈大笑。

符胜治：可不是我，这人啊，远在天边，近在眼前……

　　　　安颜打断了符校长的话，端起酒杯。

安　　颜：是谁不重要，来，咱们为了酸菜，干杯！

李　　琴：不，是为了再也不用吃酸菜，干杯！

　　　　众人哈哈大笑。

众　　人：为了再也不用吃酸菜，干杯！

　　　　丛俊生的目光扫过了众人，最后落在安颜身上，眼神中满是触动。

32. 时：晨

　　　景：和平中学—门口—马路—车内

　　　人：卢广斌、安颜、暖暖、环境人物若干

　　　周六的清晨，安颜刚走出校门，只见丈夫卢广斌和四岁的女儿暖暖正在校门口等着她。

　　　暖暖生得很可爱，眼睛大大的，小脸像个苹果似的，见到安颜，已经小跑着扑上去了。

暖　　暖：妈妈！

　　　　安颜也迎了上去，将女儿紧紧抱在怀中。

安　　颜：宝贝，一个星期没见了，妈妈想死你了。

暖　暖：我也想妈妈。

安　颜：有多想啊？

暖　暖：特别想，我就迫不及待地跟爸爸一起来接您回家。

　　　这句话让安颜乐不可支。

　　　安颜将暖暖抱起来。丈夫卢广斌与安颜同龄，穿着西裤、夹克外套，里面是羊毛衫套衬衣，很是得体，此时已经为她们打开了后面的车门。

　　　卢广斌：走，接妈妈回家咯。

　　　安颜和暖暖开心地上了车，安颜将暖暖安置在儿童座椅里面。

　　　卢广斌便发动了车子。

安　颜：今天怎么想起来接我了？

卢广斌：约了个朋友，想带你认识认识。

33. 时：日

　　景：江边小厨—包房内

　　人：安颜、卢广斌、暖暖、万黎明

　　　一家叫江边小厨的餐厅，店如其名，临江而建。

　　　卢广斌领着安颜和暖暖走进临江的一间包房内，江景尽收眼底。

　　　包房内已经有人点好了菜，坐在里面，此人是新征途中学的校长万黎明，约莫四十五岁。

见安颜他们进来，他赶紧起身。

万黎明：卢老弟，想必这位就是安老师了吧？

卢广斌：安颜，这是新征途中学的校长万黎明。

安　颜：（握手）万校长。

暖　暖：万校长。

　　　　暖暖也有模有样地伸出手要握手，逗得万黎明笑了起来。

万黎明：哎呀，宝宝你好啊，你叫什么名字？

暖　暖：我叫暖暖。

安　颜：人精！

万黎明：快请坐吧。

　　　　万黎明非常细心，连儿童座椅都安排好了。

　　　　安颜和卢广斌带着孩子坐下来。

　　　　万黎明已经给他们倒好了鲜榨果汁。

万黎明：听说你们都不喝酒，我就点了这个鲜榨橙汁。

安　颜：谢谢。

万黎明：那就以饮料代酒，感谢你们赏脸跟我见一面。

　　　　安颜听得有些云里雾里，求助地看向卢广斌。

万黎明：安老师，要不然还是我来说吧。

卢广斌：对，安排你们见面，也是想让你们当面沟通。我们家安老师很有主见，您问的事情，我回答不了。

　　　　万黎明赔笑着。

万黎明：安老师应该知道，我们新征途中学刚刚成立，正是需要人的时候。这十里八乡的，都晓得您是特别优秀的老师，而且现在带的初三，七月份就毕业了，就想着通过您先生，把您请出来，看看有没有可能跳槽到我们学校来工作。

安颜惊讶地看着卢广斌。

——本集完——

讲好乡村教师的奉献故事

电视剧《春风化雨》播出后，很多人感到奇怪，以写古装剧见长的我为何这一次选择书写乡村教师这个群体？

这要从我的成长经历说起。我出生在贵州大山的乡村，是家里第一个大学生。二十多年前，村里不少人选择去沿海省份打工，我身边很多同学也踏上了打工之路。在我初三那年，成绩优异的好友退学打工，让我萌生了放弃学业的念头，不承想这样的心思很快就被当时的班主任觉察到了。晚自习时，班主任把我叫出教室，在一个灯光微弱的角落，把5元钱放在我手里，让我坚持把书读下去。他还告诉我，同样是走出大山，以读书的方式将会有更多可能。在那个用铝制饭盒蒸饭拌豆豉、酸菜的学生时代，5元钱足以让我在一周内每天都能吃上一道新鲜的菜肴。也正是班主任的一番话，激励着我考上了当地最好的高中。2006年，正在读高二的我入围了全国作文大赛复赛，但复赛需要去上海现场创作。那时，我的家庭条件根本无法负担出行费用，是我的几位老师凑钱资助我前往。我不负众望获得全国二等奖。后来，我顺利考入上海戏剧学院戏剧文学系。

有这么一句名言："人生的道路虽然漫长，但紧要处常常只有几步。"我可以毫不犹豫地说，引导我走对人生重要一步的正是我的老师——一群普普通通的乡村教师。与城市相比，乡村的家庭教育资源明显不足，乡村教师的责任更加重大。他们需要打破家校边界，走进孩子内心，帮助他们系好人生的"第一粒扣子"。小到衣食住行，大到知识传授、人生观的建立，乡村教师不仅是教师，更是学生的朋友、亲人和领路人。这一次，我想以一群普通的乡村教师为主角讲述故事，于是有了《春风化雨》这部剧的初步构思。《春风化雨》讲述乡村教师数十年如一日扎根农村基层教育岗位，用爱与心血浇灌莘莘学子，帮助这些孩子勇敢逐梦的故事，展现了乡村教师群体的奉献精神。同时，我也希望通过乡村教育 20 年的发展变迁，反映新时代山乡巨变这一波澜壮阔的历程。

　　早年在农村艰苦的生活经历，让我对贫困山区的生活状况有所认知。为了更加深入了解当下的实际情况，2021 年，我到贵州省铜仁市碧江区和平中学、灯塔中学、白水中学等乡村中学进行田野调查。2022 年，我又赴贵州省铜仁市第十七中学挂职校长助理进行深度调研。调研期间，我看到易地扶贫搬迁学校面临着各类复杂情况，但这所学校的教职员工并没有畏惧困难，他们积极联动当地社区为学生排忧解难，送教上门，有的老师还将学生接到自己家里住，用心用情陪伴学生成长。自己淋过雨，也想为别人撑起伞。受这些老师的感召，我也想略尽绵薄之力。从 2021 年第一次采风到现在，我持续对品学兼优但家境贫寒的孩子进行资助。令人欣慰的是，受资助的学生中有人考上了省级示范性高中，有人考上了"双一流"大学。看着学生发来的一封封感谢信，我深受感动，很荣幸能成为他们成长路上的一点微光。

剧照：父亲告诉安颜，她的姓名取自"安得广厦千万间，大庇天下寒士俱欢颜"

这段时间虽然不长，但触动心灵的调研经历，让我笔下的人物有了丰润的骨血。于是，我以安颜、丛俊生、钟玉科、方响等乡村教师的个人成长作为该剧的故事主线。他们用爱感化学生，数十年如一日坚守在教育岗位上，这正是中国乡村教师的缩影。剧中，安颜迷茫时便会想起自己名字的由来——"安得广厦千万间，大庇天下寒士俱欢颜"，这种大爱情怀给予她勇气和力量。乡村教师群体是有大爱情怀的人，他们用实际行动践行着自己的教育理想和育人信条。

　　身为从农村走出来的孩子，我深知乡村教师的重要性。一位乡村教师的一句话，很可能改变一个农村孩子一生的命运。我希望通过《春风化雨》这部剧，让大家在关注乡村教育的同时，也多关心无私奉献的乡村教师。正值教师节，谨以此剧献给为中国式现代化建设努力培养人才的所有教师。

附 录

探访世外桃源

——电视剧《春风化雨》拍摄前采风

王骏晔[①]

　　这次去贵州采风，对我来说是一次非常宝贵的体验。通过走访荔波县甲良中学和乡村学生的家庭，我深刻感受到了乡村教师和学生面临的现实生活与学习困境。

　　甲良中学是一所真正的乡村学校。这里的一位教师的成长故事，深化了我对乡村教育的认知，也让我真切地感受到学生需要的其实是"共情"而不是"同情"。这位女教师姓李，三十五六岁，她刚成为老师时就遇到了一位"麻烦学生"。无论她如何辅导，这位初一学生的成绩总是难以提高。经过私下探访，李老师惊讶地发现，原来这位学生的识字量极其有限，这也难怪他总是跟不上其他同学。然而，李老师并没有因此放弃这位学生，而是决定用另一种方式——书写简单话语的纸条，来帮助他提升识字和理解能力。李老师耐心地与他通信，一点一滴地增加他的词汇与知识。慢慢地，学生开始真诚地倾

---

　　① 电视剧《春风化雨》导演。

剧照：乡间小路

诉自己在学习上的难处与需求。这一来一往持续了多年，他们逐渐从师生关系变成了挚友。当学生考上大学，后来成为一名公务员，每次回家乡都会特地来看望李老师并道谢时，李老师也由衷感到高兴。她说："我只是在关键时刻，给了他一点帮助，其实他的成就，还是靠自己的努力与毅力换来的。我做的不过是擦亮了他学习的火花，让他燃起信心与希望。"

李老师的故事让我认识到，一个好老师最重要的不是同情学生的困境，而是要学会站在他们的角度思考问题，理解他们的真实需求，并在关键时刻给予适当的帮助与启发，就像点燃一盏明灯，照亮学生学习与进步的道路。真正影响学生的，是共同走过的那段路，而不是救济式的帮助。一个好老师，应该是学生成长路上最好的引路人。

荔波县甲良中学和铜仁市第十七中学的乡村教师们无私的付出和奉献精神深深地触动了我。他们不但要承担繁重的教学任务，还要身兼数职，关注学生的生活。面对物资匮乏的条件，他们仍然全心全意教书育人，这种精神令人动容。这也让我更加坚定，要通过《春风化雨》这部作品，向观众展示这样一群默默耕耘的乡村教师，他们并非出于同情才选择在这样艰苦的环境下执教，而是希望在学生需要的时刻，成为一盏照亮人生道路的明灯。这样的精神、这样的付出，值得我们每个人去学习与称赞。我相信，这个世界之所以温暖，除了爱，更离不开这样一群无名英雄。

这次采风体验，为我的新剧积累了宝贵素材。我期待通过《春风化雨》这个作品，生动地再现乡村教育的现状，展现乡村教师无私奉献的精神和乡村孩子顽强的生命力，让更多人给予他们理解、支持和帮助。同时，贵州乡村的自然环境与人文景观也让我流连忘返。起伏的群山，层层的梯田，古朴的瑶寨，美丽的七孔桥都给我留下太多难忘的记忆。这里仿佛是一个世外桃源，祝愿这里的每一个孩子都能遇到一位好老师，一起种下希望的种子，开出最美的花！

2023 年 5 月

勾勒乡村教师画像

——电视剧《春风化雨》拍摄前采风

刘春蓉[①]

自筹备制作电视剧《春风化雨》以来，我们就一直在思考："乡村教师"这个带有既定标签的名字背后，到底意味着什么？他们是一群什么样的人，支撑他们前行的动力又是什么？如今的乡村学校，又是怎样的一番景象？带着这些问题，我与本剧导演王骏晔以及主要演员佟丽娅、杨玏等，于2023年5月来到贵州省的乡村中学采风调研。

一路行程，十分紧凑，有几个画面在我脑中挥之不去。在走访荔波县甲良中学的一个晚上，我们偶遇了一位即将退休的女教师。她一身蓝色长裙，从教学楼的楼梯款款而下，在月光下显得格外优雅。她在甲良中学教了三十年的语文课，培养了众多优秀学生。在校长向我们夸赞她的教学成绩时，她只是平静地说道："光靠我们老师没用，关键还得这些娃娃也努力。"而当我们问她是否会延迟退休时，她则坦诚道："这些年太累

---

① 电视剧《春风化雨》制片人。

了，我就跟校长说，得让我休息一下咯。"这两句举重若轻的话触动了我。我想，这应该是我们要展现的乡村教师形象。他们是教师，更是人，会累，会想要休息。他们承认自己的辛苦，但也不炫耀自己的付出。好的结果，是教师和学生之间的双向奔赴。

下着雨的清晨，我们前往甲良镇一个偏僻村落的水族学生家里家访。她的父亲常年在外打工，母亲在家干些力所能及的农活儿。陈旧昏暗的堂屋里，一整墙的奖状尤为抢眼。母亲并不识字，女儿却成绩优异。这是一件非常鼓舞人心的事，这或许就是一个家庭命运的转折点。可是，在交流中，我们发现女孩儿羞于表达。她最弱的学科是语文，因为她不太会写作文。班主任介绍道，像这样的情况不是个例。一是学生很少有机会看到外面的世界，阅历太少、眼界太窄。二是他们在家里与父母鲜有精神上的交流，情感体验匮乏。这样的现实痛点，是当下乡村教师正在着力解决的问题，也是我们应该让笔触所及、镜头所至的地方。

我们还去了瑶山古寨，这里有些地方仍保留着刀耕火种的原始耕作方式和原始粗犷的民族遗风，被誉为"原始社会遗存的活化石"。瑶山民族小学就位于这神秘的古寨里，拥有七十年的办校历史，曾迎接多位国家领导人到访。烈日下的午后，我们观摩了学校的打鼓课，鼓声阵阵，响彻校园。我被那种张扬的生命力所感染。媒体报道这里实现了"一步千年"的脱贫伟绩，我们所谈及的地方不再贫穷和落后，而是希望丛生。放学后的小男孩和伙伴，在外婆家的屋前，举着长竹竿打枇杷。这种纯真的快乐，直击人心，值得我们聚焦并放大。这种美好，无处不在。

剧照：篝火晚会

一位三十多岁的女教师，一家三口住在学校四十平方米的宿舍，虽然空间局促，但十分温馨。他们在学校院子里开辟了小菜园，还搭起了葡萄架。阳光照耀，生机无限。正所谓："人间烟火气，最抚凡人心。"这些细小的碎片，在我脑海中勾勒出一幅"乡村教师"的画像。

乡村是中国人心中情感的出发地和归属地，不论何时何地，我们都需要望得见山、看得见水、记得住乡愁。此行两周，对于我犹如穿越山海。我出生在湖北与重庆交界的一个小县城，诚如编剧老师一样，我们都是乡村教育的受益者。现在，我们有机会通过一部作品来展现乡村教师这个群体的工作和生活，无疑也是对我们自己成长历程的一次回望。想起艾青的那句诗："为什么我的眼里常含泪水？因为我对这土地爱得深沉。"全体剧组也将凝心聚力，争取创作出一部温润心灵、启迪心智的好作品。我们以写实为基，写意为魂，见观众，见自己。

2023 年 5 月于铜仁

从远及近，由象入心

——电视剧《春风化雨》拍摄轶事二三讲

王骏晔

从导演椅上直直站起，喊出"我们杀青了"的那一刻，我热泪止不住地往外涌。

那一刻对时间的感知是扭曲的，头脑是混沌的，恍如梦境。从深入采风到最后一镜，那人、那事、那景，热热闹闹地争相闯进我的记忆。在收到有爱的剧组精心准备的"和平中学纪念册"时，我想我已经在心里画好了一本属于《春风化雨》的回忆录。现在，我重新翻阅，和大家分享。

那人——靠近

所谓"那人"，实则应是"那群人"——一起奋战的台前幕后的全体演职人员，给我们带来故事灵感的原型教师徐烨老师，为我们的拍摄排忧解难的各个中小学的教师团队……但今天，刚好翻到这一页——杨勇刚老师。他其实是铜仁市第十七中学党支部副书记、德育副校长，也教物理课。

　　杨校长非常年轻，十分尽责，能立刻叫出校园里和他打招呼的学生的名字。他也是一个十足的奶爸，常常十分怜爱地抱着小宝宝和我们一起工作。

　　一次，我俩一同巡校，遇到一位学生，是一位朴素的女同学。因剧中有许多女学生角色，我便问起她的情况，杨校长如数家珍般和我聊起，这才知道，那位女同学的父母常年在外，家中也没有爷爷奶奶，她自己带了一个尚在小学念书的弟弟。姐弟二人相依为命，姐姐承担起了母亲的角色，为弟弟做饭、洗衣服等。我看着那个女孩的身影，感触颇深，当即想到剧中"裴方慧"这个角色，于是把她的故事融进了《春风化雨》。

　　其实，和杨校长的相处，不时让我联想到丛俊生（杨玏饰）这个角色，也不断丰富着我对这个角色的理解，有时还启发着我对演员表演状态的引导。因为剧中，丛俊生刚来和平中学时，便受到安颜的质疑："你对这里的学生真的了解吗？你知道怎么给学生上好第一课吗？"如此的质问，让丛俊生开始怀疑自己，才对学生进行一次又一次的家访，和学生课间聊天，打成一片，最终走进学生的内心世界，对学生情况了如指掌。而杨校长给人的感觉更是如此，好似你在校园里随便指一名学生，他就能把这名学生的情况向你娓娓道来。

　　由杨校长我也自然而然想到一些当地的学生素人演员，在拍摄的互动中，我亦不时为这群孩子所震撼。剧中有不少送别戏，但有一场为重中之重且极难拍摄——安颜即将告别工作了十多年的和平中学，去新建的易地扶贫搬迁学校十四中学。学生在安颜不知情的情况下齐聚校门口，以歌相送。我一直在期待一场穿透人心的"泪崩"，但学生似乎过于坚强，不见泪水。时间紧，任务重，把我急成了最想哭的那个。

我尝试了各种方式，跟他们讲述"告别"的含义，恨不得"声泪俱下"地调动他们的情绪，但无济于事。无意间，我闪过一个念头，询问这些孩子："假如见到了许久未见的爸爸妈妈，但是如今要跟他们离别了，你们会不会很伤心呢？"这个问题问出来，我其实有些后悔，因为这可能会刺痛他们的心。但接下来发生的事情更让我震撼。

剧照：学生爬上高高的山坡，只为再看一眼载着安颜老师远去的车辆

他们非常自然、非常镇定地告诉我，离别好像是常态，他们已经习惯了。我反而被刺痛了，没有泪水的习惯比大哭一场对他们来说可能更为难受。

　　我不再执着，只是让学生自由发挥，让他们演绎属于自己的悲伤时刻，最终呈现出来的，便是对于所爱之人最真挚的感情。

　　杨校长，让我与剧中角色更近了一些；而那场送别戏，让我离学生更近了一些。

那事——回响

　　讲到学生素人演员，我便也想起了扮演学生的专业小演员，即小张楠、小唐瑞雄、小田如林。这三位小演员的演绎层次分明，代入感强，很多戏也都完成得符合甚至超出预期。但有一场三人在山顶许愿的戏，让我着实捏了一把汗。

　　唐瑞雄是一个复杂、独特的人物，他身处一个重组家庭，有一个飞扬跋扈的弟弟。弟弟对唐瑞雄和他母亲的到来，在言语与行为上常带着强烈的不满和鄙视，因此，唐瑞雄与弟弟冲突不断。但考虑到母亲，在很小的时候，他便学会隐忍。那场戏讲述的是农忙期间，年轻的安颜老师带着学生一起到唐瑞雄家帮忙割稻谷。晚饭期间，为了表示感谢，唐瑞雄将饭桌上剩下的一个鸡腿夹给了安老师，而已经将一个鸡腿狼吞虎咽的弟弟却拍桌死活不肯。他倒也不是不愿将鸡腿给安老师吃，他就是处处要和唐瑞雄作对。但这一次，他触及了唐瑞雄心里最柔软的部分。安老师的课，他一节也没有落下；而安老师给他带来的温暖，是这个昏天暗地的家庭远远无法给予的。这一次，他不再隐忍，要为安老师争一次。于是，冲突一触即发，唐瑞雄和弟弟刀棍相向，这也为他后面离家出走埋下伏笔。

而这，是山顶许愿的大背景。因为天色已黑，怕城里来的安颜走山路不便，三位学生坚持护送她下山。在这一路上，安颜其实对乡村孩子的了解更深了一层，对唐瑞雄想辍学打工的想法进行了悉心规劝。情至深处，师生之间以大山为证，定下十年之约。安颜承诺学生，要把他们送出大山。相应地，学生对着大山呐喊，要"给安老师养老""我们要让安老师天天吃鸡腿"……质朴的愿望，强烈的情感，只需要一喊就令人喉咙哽咽、眼角含泪。

但也许是因为这些小演员来自城市，缺乏随性大喊的机会，也较少展现乡村孩子身上的野性，所以喊出来的效果不尽如人意。也或许是我太贪心，总想要情感更强烈一些。眼看着天光一点点落下，甚至雾气开始遮住山头，再不抓紧拍可能就没机会了，我焦躁不安。我尝试与小演员一起喊，调动他们的情绪。在夕阳隐去的最后五分钟，我们终于完成了这场戏的拍摄。哈代说："呼唤者与被呼唤者，很少相互应答。"但我相信，最后五分钟的呐喊，大山回应了这些孩子，安颜和他们也完成了双向奔赴。

那景——坦途

这是我第二次踏上贵州铜仁这片土地。2021 年在拍摄首部乡村振兴题材网络剧《在希望的田野上》时，我们便把铜仁走遍，寻找最能展现独特西南田园风光的景色。而这一次，我们想在场景美学上有更多的突破，于是将目光投向整个贵州省，最终选取了部分黔东南的景以及大部分铜仁当地且此前没有拍过的景。我们的足迹遍布铜仁的万山区、碧江区、松桃苗族自治县、印江土家族苗族自治县、沿河土家族自治县、石阡县、思南县、德江县、玉屏侗族自治县等，将铜仁大峡谷、苗王城等当地特有的自然或人文景观也进行了融合。

人们常说"触景生情"，那是因为景里面有了在乎的人或事。在众多的景色里，挥之不去的却是一个不太起眼的角落——它出现在《在希望的田野上》，也出现在《春风化雨》里。

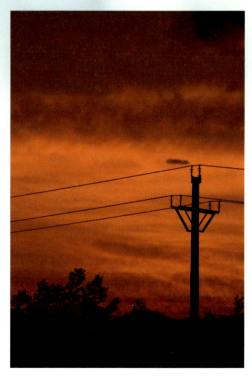

剧照：红霞满天

它是《在希望的田野上》里驻村干部带领百姓修路的一个角落，而在《春风化雨》里，它成了学生潘诗雨的秘密基地。潘诗雨为了生计和照顾情绪不稳定的母亲，在那儿以捡破烂为生。那块秘密基地为安颜所知后，安颜为了呵护潘诗雨的自尊心，不仅为她保守这个秘密，还鼓励她、帮助她。最终，无论是在《在希望的田野上》，还是在《春风化雨》里，这条路都被大家修通，成为坦途。那是《在希望的田野上》乡村振兴的坦途，也是《春风化雨》里在安颜引导下奋发努力后通向更高学府的潘诗雨等学生的坦途。尽管它很不起眼，但是它参与了叙事，而且在两部作品之间完成了一个相对完整的闭环。观众也许很难觉察，但是在我心里，这个"路"的连接意象甚为重要。

　　那人、那事、那景，时而似远远的大全景，让我沉浸其中，自由想象；时而像大特写一般烙印在脑中。如今翻阅这本回忆录，顿然发现，那时的拍摄亦是一段从远及近、由脑入心的旅程。

电视剧《春风化雨》：
乡村教育美好图景跃然纸上

李京盛[①]

近年来，农村题材电视剧创作往往聚焦于脱贫攻坚和新农村建设主题。而近日播出的电视剧《春风化雨》跳出了这种固有思维，聚焦乡村教育，为农村题材电视剧创作拓宽了边界。该剧以贵州某地乡村教师安颜的工作经历为线索，讲述当地乡村教师帮助大山深处的孩子追逐梦想、改变命运的故事。作品故事时间跨越二十余年，化用大量真实素材，塑造了一组脚下有泥、心头有情、胸中有志、眼里有光的乡村教师群像。

从脱贫攻坚到乡村振兴，在新时代的山乡巨变中，我国乡村教育取得了巨大成就。《春风化雨》以贵州某地乡村为背景，注重透过人物成长和戏剧冲突展现乡村教育发展历程中的重要节点和特色话题。全剧开篇，和平中学突发集体食物中毒事件，主人公安颜临危受命，出任分管后勤的副校长。如何让学生既

吃饱又吃好，曾是乡村教育的一大难点和痛点，《春风化雨》选择由此起笔，表现安颜经过努力，让"营养午餐"落地实施的过程。此后，伴随精准扶贫工作的推进，安颜被任命为十四中这所易地搬迁学校的校长。十四中的居住条件和教学条件相比农村中学有了明显改善，但新环境也带来了新风险、新诱惑和新压力。安颜和同事努力破解转型发展过程中生源、师资、管理等一个个难题。纵观全剧，"送教上门""控辍保学"等独具乡村教育特色的工作，原生家庭、留守儿童、因病致贫、"读书无用论"等乡村教育面临的现实困难，以及素质教育、心理辅导、职业规划乃至教师待遇、校园安全等近年来教育领域的热门话题，均被有机融入剧情中。安颜从教二十余年，帮助一批又一批优秀的孩子成长成才，走出大山，迎接未来。由此，一幅富有时代气息、乡土情怀和精神力量的乡村教育图景跃然于荧屏之上。

《春风化雨》在塑造乡村教师群体时，不仅彰显了他们的全情投入，还富有感染力地呈现了他们在长期乡村工作实践中对教育教学工作的思考，以及对学生的温情而有力的引导。乡村教师不仅要承担校园之内的教学工作，还要走出校园深入家庭，操心学生的衣食住行等方方面面。剧中的贵州某地乡村属于转型发展阶段的欠发达地区，部分学生的家庭教育缺位，复杂的家庭背景更给他们的学习和成长带来种种困难。扎根农村多年，安颜相信，能够坦然面对逆境的孩子，需要的不是同情，而是在迷茫无助时扶一把、护一程。因此，她不仅帮助学生解决困难，更注意讲究方式方法，给予学生充分的理解和尊重。学生张楠成绩优异，但家庭生活拮据，这使他萌生了弃学打工的念头。安颜每周给张楠 5 元钱改善伙食，并称这是学习

剧照：安颜老师通过一个善意的谎言，每周资助学生张楠 5 元钱

优异的学生才有的助学金，直至张楠走出大山。学生潘诗雨考取了重点中学，却不想声张，因为不想"被别人说她爸死了，她妈疯了，她还能好好学习"。安颜小心呵护潘诗雨的心灵，直至她长大，可以自信地将曾经的贫困不堪视作成长的财富。因为共情，安颜成功做到了启智润心、因材施教。剧中还刻画了老一辈乡村教师于阗、钟玉科、周圣杰，支教教师丛俊生，以及回归大山、反哺乡村的新一代教师裴方慧，他们年纪不同、性格各异，却都做到了"下得去、留得住、教得好"，他们用心用情思考着、实践着，力求使乡村教育更符合时代要求和学生需求。

时至今日，乡村教育依然面临不少问题，《春风化雨》对此并未回避。全剧结尾处，农村学校和平中学的生源不断流失，导致丛俊生等教师被分流转岗；易地扶贫搬迁学校十四中面临不少家庭孩子升学热情欠缺等问题。过去，乡村教育的问题已经得到解决；当下，解决新的问题正是乡村教育发展的新动力。《春风化雨》借助剧中人物矢志不渝探索出的宝贵经验，表达了对乡村教育未来高质量发展的期许。

教师，春风化雨的使者

徐　烨[1]

在教育的广阔天地里，每一名教师都是播种者，用知识的种子孕育未来的希望。作为一名教师，我有幸成为无数学子生命旅程中的一道风景，也在这段旅程中收获了最为珍贵的师生情谊。乡村教育题材电视剧《春风化雨》的编剧饶俊是我的第一届学生，我与他的师生情谊，源自那座充满回忆和温情的乡村学校——贵州省铜仁市茶店镇中学。

2001 年，大学毕业后，我怀揣着对未来的无限憧憬和一丝忐忑，来到风景秀丽的茶店镇中学，开启了教育生涯。一个天气晴朗的早晨，当我刚踏进茶店镇中学校门时，一排排简陋的平房悄然出现在眼前，那是学生和教师的宿舍，再往前走就是一栋五层的教学楼。校舍虽然简陋，却散发着质朴而温馨的气息，远远就能听到琅琅读书声，让人感受到无尽的生机和活力。校园里还有几棵见证了无数春秋更迭的老树，以及一片教师开垦的"自留地"，种满了各种蔬菜，为学校增添了几分独

240

特的韵味。

当我第一次以班主任身份望向教室，看到几十双好奇而又略带羞涩的眼睛将目光齐刷刷投向我时，心中瞬间被一种强烈的责任感和使命感填满。那一刻，我仿佛能感受到这些学生心中对新教师的期待和好奇，这也是我与饶俊的第一次见面。那时的他与人交流时话语不多，但每一句都透露出超过他年龄的沉稳，让人感觉他是一个敏感、内向却又异常沉稳、懂事的孩子。我深知这样的孩子需要更多的关爱和理解，所以在课余时间会主动找他聊天，尝试着走进他的内心世界。每当他轻轻点头或微笑回应时，我都能感受到一种微妙的情感纽带在我们之间悄然形成。

那个年代，不少家庭经济条件拮据，一些孩子不得不面对生活的艰辛，但这也激发了他们内心深处想要改变现状、为家庭分担的决心。面对外出打工高收入的诱惑，他们按捺不住内心的冲动，想要外出闯荡。那时的饶俊也动了心，一度想辍学打工。在得知他的想法时，我的内心充满了忧虑：这样一个在学习上刻苦努力，在文学上也很有天赋的孩子，他的未来不应被眼前的困境所局限，如果放弃学业将意味着他放弃了所有的可能性。于是，我与他进行了一次深入的谈话，告诉他坚持学业的重要性，"你的努力和才华是难能可贵的，它们是你走出大山通往更广阔世界的钥匙；辍学打工虽然能暂时缓解家庭的经济压力，但从长远来看，却可能让你错失挖掘自身潜力和实现梦想的机会"。我向饶俊描绘了未来可能的美好图景，让他相信他的未来一定会因今天的努力而更加光明、宽广。

饶俊在不同场合提到的"5元钱的帮助"，若不是他提起，我早已忘却。那是他读初三的时候，他的奶奶因病住院，家里的经济负担陡然加重，但他依然坚持学习，保持优异的成绩。在了解情况后，我决定每周给他5元生活补助。虽然钱不多，但我希望他能感受到，在这个世界上，有人关心他、支持他。时光荏苒，他终于穿越重重大山，抵达梦想的彼岸，成为一名优秀的编剧，我的心中也充满了欣慰和骄傲。更难能可贵的是，饶俊在成功后并没有忘记自己的家乡——贵州铜仁，以及那些曾经为他播下知识种子的老师，于是他创作了《春风化雨》，以此表达对家乡、对老师的深深感激。

作为他曾经的老师，我在观看《春风化雨》时，内心激动不已，总是不自觉便泪水模糊了双眼。这部作品就像一面镜子，映照出我们曾经共同度过的那些日子，那些充满挑战和希望、泪水与欢笑的时光。每一个情节、每一句台词，都好像在诉说着我们之间的故事，让我仿佛又回到了那个充满青春和梦想的年代。教育是一种情感的传递，是一种责任和使命，影片中的安颜老师、丛俊生老师、方响老师……他们的教学不拘泥于传统方式，大胆创新尝试，关注每一个学生的成长和变化，帮助他们克服困难、迎接挑战，帮助他们成长为有道德、有文化、有理想的人，为他们的未来奠定了坚实的基础。

2009 年，我调回城区工作，最初在铜仁市第十中学任教，2016 年又调入新建学校——铜仁第一初级中学。城区先进的教学设备和充足的教学资源，为教学提供了有力的支撑，尤其是现代教育技术的推进，为教学带来了全新的体验。我可以将许多抽象的知识变得更加形象直观，激发学生的学习兴趣，培养学生的综合素养，让他们具备面对未来挑战的能力。但是，硬件设施得以改善的同时，城市的教育环境也带来了全新挑战——正如剧中展现的那样，城市与乡村的教育既有大体共性，也存在着许多不一样的地方。当然，在乡村学校磨炼的多年时光，让我有足够的勇气去应对新的情况。

不知不觉间，我已在教育岗位上工作了 23 年。在与学生的交往中，我深刻体会到教育的力量和意义：它不仅是知识的传授和技能的培养，而且是情感的交流、心灵的碰撞、人格的塑造。我认真对待每一名学生，因为我理解爱与教育的真谛，我更加坚定了自己的教育理念——教育的核心始终是爱与责任。愿我与学生的情谊永远如春风般温暖、细雨般滋润；愿每一名教师都能成为"春风化雨"的使者，用自己的努力和付出，孕育更多的希望和梦想；愿我们的教育之路充满阳光和温暖，让每一个孩子都能在我们的关爱和引导下茁壮成长、绽放光彩。

《春风化雨》：用心用意
谈教育，入情入理话人生

吕　帆[①]

　　8 月 27 日，致敬第 40 个教师节的电视剧《春风化雨》在东方卫视、北京卫视、腾讯视频、芒果 TV、爱奇艺同步开播。这部聚焦乡村教育与乡村教师，讲述乡土情怀与教育热忱的剧集，让观众在关注乡村教师坚守不易的同时，更可引发观众对教育问题的剖析与反思。

　　讲师生故事的剧集很多，讲乡村教师付出与奉献的故事也不少。但难得的是，《春风化雨》具有一种"基于教育讲教育"的叙事底色，它在讲教师之苦、教育之难的同时，少了些口号式的呐喊，多了些对人性的体察和理解。编导主创数次下乡深入生活，从泥土中带来了乡村教育的真现实、真问题、真情感，这是本剧的亮点，也是其难点。

---

　　① 北京大学融媒体中心音视频办主任。

"守"与"孵"的姿态

教育是国之大计。在教育成为"内卷"、焦虑代名词的当下,《春风化雨》将背景聚焦于一所县级中学。这里风光旖旎,民风淳朴,进入学校受教育的孩子没有大城市那么"卷",但面临着上不起学、不让上学、不好好上学等一系列问题,而这一切都与刚毕业的年轻教师安颜相遇了。

相信每个家长都希望孩子能遇到好老师,但好老师是如何炼成的?《春风化雨》给出的答案是在教书育人的过程中。剧集通过多次闪回呈现出一条乡村教师的真实心路,虽不至于荆棘丛生,却也是冷暖自知:管理的餐饮队伍里遇上"关系户",怎么办?校墙倒塌压到孩子,怎么处理?学生被家长生拉硬拽去打工,怎么沟通?安颜需要面对的既有亟待解决的老问题,更有和丈夫两地分居、"问题学生"重归课堂、女儿在何地求学、教师被"网暴"如何应对等新状况。

剧集无意将教师群体化为无惧无忧的英雄,相反,萌生退意、反复权衡是该剧前十集人物的心理常态。而安颜的人格魅力恰来自抉择后的信念:像老母鸡般护着学生,让蛋里孵出新的生命。凭着这股不屈不挠的劲儿,她硬生生地从普通教师被提拔为分管后勤的副校长,再到易地扶贫搬迁学校的校长。令人感动的是,这部"大女主"的成长史并非源于一己之私,而是利他达人的必然结果,是最大化地发挥乡村教师的全部能量,以"守"和"孵"的姿态，创造更适合乡村学子的教育环境，让每个人拥有做梦的权利、让梦成真的能力。

从这个角度看，《春风化雨》在个人故事、教师精神的表达上，既朴实，又高贵。

"教"与"学"的互动

教与学是教育的核心问题。不同于多数展现基层教育的影视剧，首先，《春风化雨》没有把乡村学生定义成问题少年，他们不仅具有学习的能力和改变人生的动力，更是自尊、善良、知恩图报的一代；其次，教师的使命不只在于升学，更在于垂范，在助力学生学以成人的同时，也实现了自我的人生价值。

以上两点构成了《春风化雨》"基于教育讲教育"的第二个特质：把教育问题置于生活层面和人际关系中，"闹中着冷眼，冷处存热心"。虽然情节密度不小，但剧集不是借事挑战人，而是将大量笔墨用于人如何应对事，根据每个角色的境遇与考验，让他们做出最适合当下的抉择。正如剧里随处可见的"不得不"和"干不干"问题，幽深的人性在抉择的瞬间放大，教育工作者的高光也才更具真实感、感染力。

为此，该剧对乡村教育进行了全景式、全流程的描写，塑造了涵盖支教老师、考编老师、教培老师的教师形象。对于乡村教师而言，"教师需要打破家校的边界，走到学生家里去，小到衣食住行，大到人生观的建立，他们成为这些孩子的朋友、亲人、领路人"，安颜、丛俊生、钟玉科、符胜治、方响、裴秋韵等群像人物各有亮点和局限，也走上了不同的人生道路。他们之中，有人为了"一冰箱酸菜"选择离婚，有人受尽"网暴"却不试图解释，也有人迫于生活无法坚持，走向了待遇更好的平台……通过这些教师的教导，乡村孩子学到的不仅是升学所需的知识，更是从言传身教中汲取内生动力。

正如陶行知先生认为的"生活即教育"，从教育学的视角看，优秀的教育者面临的真正瓶颈并非技术和知识，而是教育者自身对世界和自我探索的深度与高度。《春风化雨》正是从这个角度对乡村师生的一次升华书写。它更多地关注教师的自我认知与学生的自我成长；在教学相长的双向互动叙事中，剧作也由此走出了"好老师教出乖学生"的叙事桎梏。

"人"与"仁"的交织

以上种种论点，恰恰印证了叶圣陶先生说过的一句话："教，是为了达到不需要教。"

联合国教科文组织国际 21 世纪教育委员会在一份报告中指出，教育的四大支柱是学会认知、学会做人、学会做事、学会共存。中学只是人生的一站，如何让乡村学生在走出校门时拥有健全人格、应对能力，自信自强并与人为善，是教育工作者更需要思考的问题。若教育最终"培养"出的只是一批善于考试却不会做人，只看当下却不重未来的一代人，学生便只是在流水线上加工而成的产品。但教育的属性本应类似农业，而非工业。

《春风化雨》没有回避教育公平、留守儿童、原生家庭、乡村伦理等社会议题，更在情感维度上呈现出老一辈乡村教师的教育精神、新一代教师的选择彷徨、几届农村学生的困境。剧集的态度是很明确的：既有对现状的反思、回应，又能提出建设性的意见和方法，这才是真正引领创新的教育者。《春风化雨》不仅犀利地抛出了分数和素质、应试与成才、教育资源与教育理念等一系列辩证议题，还真正关注到了教育的本质问题是"学以成人"，教育工作者的关键能力是"仁者爱人"。这些理念看似缥缈，却在剧情之余化作了更打动人心的细节和情感，令人难忘。

据报道，主演佟丽娅在走访当地学生家庭时，有一幕给她留下了深刻的印象："房间很简陋，家里没有像样的家具，但有一整面墙的奖状。这是他们家里最好的装饰品，看到这些你会很感动，眼泪一下子就掉下来。"在她看来，扎根一线的乡村教师是不折不扣的守望者，散发着光芒。这份对孩子的疼惜，正是乡村教师的"仁者爱人"，也将成为学生迎向未来的希望灯塔。唯有在两者的交织相融、共鸣共情中，教师的坚守才有价值，学生的坚持才见成效。

在第 40 个教师节来临之际，期待《春风化雨》的故事会让更多观众忆起求学时光与教育初心，在贵州的青山绿水、琅琅书声中，让教育之光点亮人生，以人性之美浸润心田。

教育题材的新景观与新思考
——也评电视剧《春风化雨》

赵　彤①

在我国电视剧创作和播出史上，以教师行业为题材的作品不绝如缕，但适逢教师节而得以排播的，《春风化雨》大概是第一部。与其说这是邂逅，不如说是如约。

与电视剧《大考》《追光的日子》《鸣龙少年》相同，电视剧《春风化雨》也把剧情的空间放在了大都市之外。所不同的是，《春风化雨》的故事时间不再集中于高三年级的备考之年，而是前后跨越了20年的时间。

《春风化雨》的故事从2002年夏讲起，从地处祖国西南的恩南省铜江市顺安县和平中学讲起。在故事的开端，风华正茂的安颜老师刚刚就职，于阗老师则刚刚故去。剧情让作为初来者的安颜看到了葬礼的两端，一端是丧葬费用七拼八凑的窘迫，另一端是送行者络绎不绝的不舍。在情感震撼之后，剧情通过让安颜负责整理于老师遗物时，发现并读到毕业学生给于老师

的来信，使安颜从理性上完成了对教师职责的确认和对教育成效目标的确立。以后，当她用肉菜换学生的酸菜时，当她与张楠签订资助协议时，都可以发现安颜老师在追寻于阗老师的足迹。

在和平中学教师办公区正房的廊柱上写着一副对联，上联是"甘为春蚕吐丝尽"，下联是"愿做红烛照人来"。"春蚕""蜡炬"历来是教师的喻象，如果说逝去的于阗是成灰的蜡炬，那么就职的安颜如同春蚕。新陈代谢而使命如一的喻义，就在前赴后继中完成了第一棒的交接。待到 2016 年，安颜的学生裴方慧来到新组建的十四中任教师，后继有人的第二棒也顺理成章地实现了。《春风化雨》片名原字幕加注的英文译名是 The rural teachers，这里的教师使用了复数形式，如果说，从于阗老师到安颜老师再到裴方慧老师，复数的教师群体体现为代际传承的话，那么剧中所塑造的符校长、钟校长，与周圣杰、丛俊生、陆敏及方响、卞筱悦等，则在同龄人的层面上展开了对复数的表达。

《春风化雨》的剧情是有阶段性特点的。前一个阶段是安颜老师在镇里的和平中学当乡村教师的经历。这段发生在 2002 年至 2016 年的故事，聚焦安颜对留守少年的资助和帮扶，以及劝导受"读书无用论"支配的家长和辍学打工的学生。这部分剧情在此前许多农村题材电视剧中都有所展现。后一个阶段发生在 2016 年至 2023 年，讲述安颜被调任以接收易地扶贫搬迁家庭青少年学生为主的十四中担任校长的经历。这一段故事与脱贫攻坚相表里，为我国教育题材创作增加了新的元素，也提出了新的思考。

在脱贫攻坚工作中，需要对部分区域的贫困人口实施整体搬迁，因而迁出地方的中小学校和迁入地区主招搬迁户学生的学校都出现了生源不足的问题，随之而来的还有因生源不足，乡村学校教育经费裁减和教师群体分流转岗的问题。这是我国脱贫攻坚题材电视剧中未被述及的。

更有发现意义的笔触，是《春风化雨》描写了搬迁进城后的农家子弟对城市生活的感受，其中不仅有虽然搬迁进城但父母依旧外出打工，以至独居学生占比仍高的问题，也有建档立卡户因满足于被帮扶而不思进取的失志心理，还有受到城市里灯红酒绿引诱而踏上失足边缘的女生群体。安颜和她的同事作为乡村教师，一方面，以改善就学条件为抓手，参加了动员搬迁的工作；另一方面，在搬迁后通过开办晚自习、开设兴趣班、让学生熟悉城市生活、进行心理辅导等方式，力图让搬迁子弟从"贫困心态"中走出。同时，创作者也将教育部门的"西部计划"纳入剧情。由此，《春风化雨》较为细致地将教育扶贫在整个脱贫攻坚战中的作用呈现在屏幕上。

值得回味的是，在剧情的末尾，安颜的父亲告诉她，"扶贫办"已经改为"乡村振兴局"，这为未来的乡村教育题材创作留下了潜在的矿脉。

在《春风化雨》中，和平中学教师办公区庭院中央，矗立着一尊孔子雕像。剧情中除了周校长擦拭过一次，这尊雕像没有得到更多的突出表现。它就静静地矗立在院中，有人经过时顺带出镜，或者在室内戏中作为后景一晃而过。而恰恰是这些不强调不突出的镜头调度，让我们在品味和平中学发生的故事时，在想到于阗、安颜、周圣杰、符胜治、钟玉科的形象时，不禁品出"桃李不言，下自成蹊"的意味。

作为一部描写乡村教师群体、讲述教书育人故事的作品，《春风化雨》也略有遗憾。例如，在于阗老师的葬礼时，突出吊唁者中学生"王副部长"以高位而来，以烘托于老师的分量，这一剧情不如剧中按月让学生书写校牌挂上门柱更符合教育的社会价值。从这个角度来说，《春风化雨》尽善矣，而未能尽美。

《春风化雨》：
种出芬芳，留一路花香

龚金平[①]

世界电影史上不乏优秀的教师题材作品，如《死亡诗社》《放牛班的春天》《嗝嗝老师》等，中国也有《烛光里的微笑》《凤凰琴》等。这些影片大都塑造了道德超拔、行为至善的教师形象。讴歌教师的爱岗敬业、无私奉献等，确实能使观众在道德情感上受到深刻触动，但从艺术创作的角度来说，若在主题宣示与呈现手段的关系上处置不当，这样的人物形象容易显得苍白空洞，难以突出其鲜明的个性特征，对观众的情绪感染力大多停留在苦情与悲情的层面，难以让观众洞察教师在"精神鼓舞""人生指引"等方面对于学生的重要意义。

电视剧《春风化雨》对教师与教育的关注与表述，则显示出不同的向度。观众渴望收获感动，但更希望看到突破，体验惊喜，得到思想的启发和心灵的净化。从《春风化雨》的片名来看，剧集强调了教师的"育人"功能，英文名 Sowers of

---

① 复旦大学艺术教育中心教授，复旦大学电影艺术研究中心副主任。

Hope 直译是"希望的播种者"。这似乎暗示了，教师对于一个学生最深远的影响，并不在于传授了多少文化知识，毕竟这只是每一个教师的本分；在学生心中播种希望，为学生的未来注入活力和勇气，鼓励学生堂堂正正做人，踏踏实实做事，执着地追求梦想，这才是教育的初衷和理想境界。

在主观视点中完成对人物的深度刻画

《春风化雨》整体而言采用的是客观视点，有利于全景式呈现乡村教育的面貌，这对于一部体量巨大的电视剧来说非常有必要。但客观视点的代价是容易显得情感疏离，以及因叙述的权威性而削弱主体情感的个体性和亲切感。因此，《春风化雨》在剧情的前半部分，大量使用了主观视点，使观众与人物深度共情，并跟随人物完成好奇、发现、震撼的心理起伏过程。

剧集中的和平中学是一所乡村中学，绝大多数学生来自农村。从小生活在城市的教师安颜，第一次面对和平中学这个陌生的环境时感到困惑、茫然，也有非常明显的不适应。这时，观众得以通过安颜的眼睛，一点点感受乡村中学简陋的教学条件和居住环境，发现不同学生的内心秘密和他们背后的家庭结构。同时，剧集也用安颜对环境的反应，完成对人物性格和精神世界的描摹。安颜并没有抱怨环境，而是坦然地面对现状，用心经营生活，这是一种生活态度。当安颜看到学生张楠等人困厄的生活条件时，她反而激发出朴素而恢宏的人生志向，对张楠说自己要像老母鸡一样，守着学生"破壳"，看着他们长大。

在和平中学遇到的学生问题、学生家长问题，对于安颜来说都是全新的挑战，需要她慢慢去适应，积极应对。这相当于在人物与环境之间制造了对抗性的关系，体现了更为紧绷的戏剧张力，从而能够更好地完成人物刻画。尽管剧集在表现安颜的心理调整能力时多少带有理想化的痕迹，但是，安颜对于学生的真诚和细致，以及她着眼于学生未来发展的教育理念，仍令人感动。而且，安颜在和平中学完成了一段心理弧光，她从震惊、不适应，到慢慢欣赏、热爱、依恋，这是不断开掘生活的探寻之旅，也是自我成长的人生历程。

剧集通过代际的主观视点接续，生动诠释了乡村教育事业的代代相传。安颜刚到和平中学，就遇上了退休教师于阗去世。在那场葬礼上，她以一个外来者的身份默默观察身边人的反应，感同身受于众人对于老师发自肺腑的感激。她在整理于老师的遗物时，从学生的来信和贺卡中，体会到师生间那份朴实而深挚的情感，也深刻理解了作为教师的意义。尽管于老师在剧集中并没有真正出场，但通过安颜和学生的主观视角，观众得以领略一位乡村教师平凡而伟大的人格魅力。饶有兴味的是，安颜用好奇、崇敬的心情走进于老师的职业生涯和心灵世界时，教师丛俊生也用欣赏、钦佩、爱慕的眼光观察安颜，近距离分享着安颜生命中的苦与乐，并深刻地领悟了乡村教师的责任与担当。与此同时，安颜的学生也用自己的眼睛，在捕捉安颜身上的人性光辉。

在客观视点的框架中，嵌入大量的主观视点，《春风化雨》兼顾了视野的开阔和心理描写的细腻，不仅使剧情保持了一种亲历者的现场感，还使观众得以在一种主体性的情境中深入了解人物。整个剧集也通过这些多角度、多层次的视点运用，为观众展现了一个真实丰富的乡村教育世界。

在离别中直面现实的沉重与慰藉

《春风化雨》在几场离别戏中着力渲染，用大量煽情性的细节和视听语言，突显人物之间真挚的情感交流，甚至完成对主题的深刻探讨。

剧集的首场离别，是陆敏老师的"另谋高就"。陆敏因给学生收费补课，违反了纪律，她干脆辞职，受聘于城里一所私立中学。在学生的依依不舍中，也有一缕异样的苦涩静静流淌：陆敏对于乡村教育有情怀，但她无法忍受生活的困窘，渴望活得体面和优裕。开着豪车来接陆敏的私立中学校长还大言不惭地解释说："水向低处流，人往高处走。"学生对于自己被贬为"低处"很愤慨，而在场的教师一言不发，因为这是事实。这场离别，某种意义上也是对乡村教师的"祛魅化"处理，即教师不是圣人，他们也会受到物质条件的挤压与诱惑，也会在道德感召与现实处境之间苦苦挣扎。当然，这场离别也是一种映照，反衬出安颜等教师不忘初心的坚守与高尚。

钟校长的黯然离场，则象征着一个时代的落幕。他是一位来自乡村、扎根乡村的教师，还有两年就要退休了，就因一气之下用教鞭打了学生，发酵成舆情，县教育局要免掉他的副校长职务，降低他的职称，还要给他一个处分。钟校长理解不了、接受不了，情愿辞职离开。这场离别让观众思考，在快速变化的社会中，教育者应如何更新自己的知识体系和教育理念，以适应教育环境的变化。

第三次离别，是安颜带着收获与成长开始新的征程。安颜在和平中学工作了十几年，她对这里难舍难分，但又渴望回城多照顾孩子和父母。安颜在道德困境中挣扎时，校长指出，乡村教师在"孵化"一届届学生的同时，学校也在培养一名名教师。正如学生要走向四方一

剧照：丛俊生老师和学生一起打球，拉近与学生的距离

258

样，和平中学培养安颜这只大鹏，不可能永远固守一方，她应该有更广阔的天地，去影响和改变更多的人。在这场离别戏中，剧集借鉴了影片《林则徐》（1959年）中林则徐送别邓廷桢的经典场景。随着安颜的车子远去，几名学生不断登上高处，只为能更长久地目送安颜。车子在盘山公路上疾驶的远景，与学生奋力登高的小景别交替剪辑或叠化处理，伴随着民族歌曲的旋律，学生恋恋不舍的心情得到了直观的呈现，并融入了"欲穷千里目，更上一层楼"的人生哲理。

每一次离别似乎都伴随着伤感，但安颜在经历一次次离别之际，也在见证一次次的回归。丛俊生从市里主动调到和平中学，就是一次令人肃然起敬的"人生逆行"。还有，张楠读完研究生后回到家乡，裴秋韵也将以研究生的身份回馈乡村教育，潘诗雨说以后要成为安老师那样的人去帮助更多的人……正是在这些离别与回归的交织中，观众看到了教育的意义，看到了乡村教育生生不息的生命力和源源不断的活力。

《春风化雨》通过精心设计的离别与回归场景，深刻探讨了教育的时代内涵，完成了对主题的深度挖掘，并让观众在感动中思考，在思考中领悟。

在人生的大舞台上领会教育的真义

《春风化雨》不仅深入解读了教师的责任与担当，也诠释了教育领域对于成功的定义。丛俊生在和平中学意识到，对于教师而言，真正的成功是让学生能够各安其位、各有所得，这才是教学之道，这才是育人。这是剧集非常接地气、朴素和开放的教育理念。

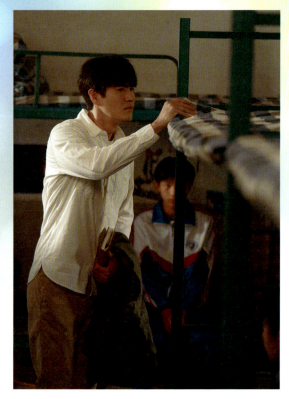

剧照：丛俊生刚当上班主任，检查学生寝室却遇"毒气袭击"

安颜在和平中学工作的十几年里，如人生导师般点拨学生，自己其实也常常处于纠结之中。她的身份除教师之外，还有作为女儿、母亲、妻子的角色，这些角色也会对她提出各种各样的要求。剧集并没有简化人生的复杂性，也不想对人物进行真空化处理，而是让人物在直面这些苦恼时，慢慢地确证自己的人生信条：遵从自己的内心，其余的顺其自然，尽力而为。

安颜在工作中真正感到无助的时刻，并不是学生的厌学或幼稚，而是面对学生父母的短视、狭隘、偏激时的无能为力。剧集中的农村父母在考虑要不要让孩子继续读书的问题时，都会本能地困惑："这个账我算不过来。"他们认为读书要花钱，不如早点去打工。这些父母身上所体现出的这种"认知贫困"，比经济贫困更具破坏性。剧集由此体现了对脱贫攻坚的深层理解，即扶贫先要扶志，并重新定位了教育的目标，即从根本上改变一个人的思想文化面貌。

剧集还通过安颜父亲之口说出了投身乡村教育的人生价值，那就是见人性，见苍生，见自己。安颜在乡村中学工作的十几年里，确实见证了人生百态，也看到了民生疾苦。更重要的是，她透彻地了解了自己。安颜在和平中学体认了自己的价值，感受到了教育的成就感，也在一次次的拷问中明白了自己内心真正想要的是什么。安颜的这段经历，与乡村教育是一种相互成就的关系。她在扶持学生追逐梦想的过程中，也在成为更好的自己，成就更高的人生境界和人生价值。这正是剧集主题的"野心"所在，它聚焦于乡村教育，其实着眼于人生选择，思考着人生意义，为观众带来深刻的人生启示。

当然，我们也要意识到，剧集在情节设置方面带有浪漫主义的色彩，人物的生活比较单纯，与真实的乡村教师生活和工作状况有一定的出入。例如，安颜的家境比较好，她大部分时间一个人住在学校里，可以全身心地投入工作。单身的丛俊生也没有父母需要赡养，所以能毫无挂碍地追随内心的声音，主动要求从市区调往乡村中学。更重要的是，剧集把核心戏剧冲突放在教师与学生、教师与家长之间，至于教师与领导之间、领导与领导之间，总体而言一团和气，每个人的人品都比较正直磊落。这可以视为剧集出于意识形态的使命，而对生活做了简单化与美化的加工；但也可以理解为剧集为专注于主题，而放弃部分情节的枝蔓。

同时，剧集频繁地使用闪回的艺术手法，有得有失。适当的闪回确实可以补充剧情，丰富人物的心理和性格，但一些无关紧要的细节也通过闪回来交代，就会削弱主情节发展的紧凑性，影响叙事的节奏。

总体而言，《春风化雨》的风格清新自然，情感真挚厚重，主题表达质朴深沉。它不仅塑造了生动立体、温暖亲切的乡村教师形象，还像一面多功能的透视镜，让观众得以窥见中国社会多个维度的面貌，深入理解乡村教师的生存现状、工作状态和心理波动，重新思考教育的真谛和教师的职责所在，但又不是一味地礼赞教师的奉献精神，而是从人生选择、人格完善等角度出发，提出了许多富有启发性的人生议题。

对现实的洞察和艺术表达
的责任意识

从　易①

　　电视剧《春风化雨》聚焦我国乡村教育的发展历程，通过双线叙事的手法，讲述在全面推进乡村振兴战略背景下，一群乡村教师坚守在条件艰苦的乡村教育一线，用青春和热血为一代代乡村孩子点亮希望之光，帮助他们走出大山，追逐梦想，改变命运的故事。

　　《春风化雨》在第四十个教师节期间播出，向全国所有默默耕耘在教育一线的乡村教师致以崇高的敬意，彰显社会对乡村教育事业的关注和支持。

生动诠释教育家精神

　　《春风化雨》以四代乡村教师的故事为主线，勾勒出一幅横跨数十年的乡村教育画卷，生动诠释了"教育家精神"的内

① 媒体工作者。

涵——对教育事业的热爱、对学生的关爱、对社会的责任感。

比如，影响一代又一代乡村教师，也令很多观众动容的第一代教育家于阗老师。于阗老师的一生是清贫而无私的，他祖籍湖南长沙，选择下乡到西南贫穷的村落，一生几乎全部献给了学生和学校。这种甘于清贫、乐于奉献的精神，是教育家精神的集中体现。

对学生深沉的爱与关怀，是于阗老师教育家精神的又一重要体现。在于阗老师的教育生涯中，他不仅向学生传授知识，更对学生倾注了无尽的心血和关爱，用实际行动诠释了何为师德。他一生资助了 1311 名学生，在物质条件极为有限的情况下，尽其所能地帮助学生克服困难，追求梦想，充分展示了教育家精神中的奉献与责任。这份无私的付出和真诚的关怀，在学生心中种下了感恩的种子。于阗老师离开人世之后，学生都感念他的教诲和陪伴，以最庄重的方式表达对这位人生导师的怀念之情。这不仅是对于阗老师个人品格的高度认可，也是对尊师重教这一中华传统美德的具体体现。

于阗老师的教育家精神得到了传承。第二代钟玉科、第三代安颜和第四代教师裴方慧，他们各自在自己的时代里，用自己的方式诠释了教育家精神。这种传承不仅体现在教育理念和教学方法的传递上，更体现在对教育事业的热爱和对学生的关爱上。该剧通过深邃的主题、丰满的人物群像和细腻的情感描绘，展现了乡村教师为乡村教育事业默默奉献、无私付出的精神风貌，生动诠释了教育家精神的深刻内涵。

直面教育的困难与挑战

《春风化雨》也从多个角度深入剖析了乡村教育所面临的挑战。无论是教育资源均衡性、师资流动性，还是学生心理健康等，这些问题都被逐一展开讨论，并通过具体情节予以呈现。乡村教育资源相对匮乏，主人公安颜所在的乡村学校和平中学，缺乏现代化的教学设备，图书资料也极为有限。由于地理位置偏远、经济条件落后，乡村学校难以吸引和留住优秀的教师。乡村学生的生活条件令人揪心，2002年，安颜在家访时看到的情景就是例证：孩子因家中无好菜招待老师而羞愧、自卑。乡村教育的另一大挑战是家庭教育的缺失，由于家长文化素质不高、忙于生计，许多乡村孩子无法得到有效的家庭教育支持。这使得学校在教育孩子的过程中，往往要承担更多的责任和压力。剧中，安颜等教师不仅要关注学生的学习成绩，还要关心他们的生活习惯、心理健康等多个方面，教育的难度和复杂性大大增加。

"下得去、留得住、教得好"是乡村教师队伍建设的目标，但现实中，不少教师难以长期扎根乡村。从乡村教师的立场来看，他们不仅要应对教学上的种种挑战，还要承受生活上的重重困难。例如，乡村教师陆敏的家庭条件不富裕，需要额外的经济来源来维持生计，她不得不选择在课后为学生补课来赚取一些额外的收入。这一行为虽然在某种程度上缓解了她的燃眉之急，却违反了相关规定，最终她不得不离开乡村学校。

此外，社会对乡村教育的认知偏见，如认为乡村教育水平低、教师素质差，不仅影响了乡村教育的声誉，也挫伤了乡村教师的积极性。剧中，丛俊生等年轻教师在初到乡村时就面临着这种偏见的考验，在"下得去"与"留得住"之间艰难抉择。

凡此种种，都说明了《春风化雨》在处理乡村教育问题时采取了真实的态度，既不回避困难，也不刻意美化，体现了创作者对现实的洞察力和艺术表达的责任意识。

但呈现困难与挑战，并非为了渲染悲观，恰恰相反，是为了展现教育工作者在面对现实问题时的坚韧与智慧，以及他们在困境中依然保持的乐观与希望。安颜、丛俊生等乡村教师在面对困难和挑战时，用自己的行动和信念展现了教育家精神，为乡村教育注入了新的活力和希望。他们的故事不仅让人感动，也激励更多人投入到乡村教育中，为乡村教育的发展贡献自己的力量。

《春风化雨》在触及教育公平、留守儿童、原生家庭、易地扶贫搬迁学校教育等问题时，积极探讨解决之道，通过剧中人物的命运走向反映政策支持、社会关注以及多方协作在解决乡村教育难题中的作用，并且随着时代的发展，教育中引入了素质教育、职业教育、心理健康教育等现代教育理念，反映出中国教育体系更全面的发展方向。

　　总而言之，《春风化雨》以真挚的情感和深刻的洞察力，生动展现了乡村教育的艰辛与希望，传递出温暖与正能量，是一部充分彰显教育家精神，兼具现实意义与艺术价值的优秀作品。

在这部"上海出品"里，
看乡村教师如何"春风化雨"

吴 翔[①]

上海出品的乡村教育题材电视剧《春风化雨》正在东方卫视等平台热播。该剧以全面推进乡村振兴为故事背景，以一群默默无闻的乡村教师为创作对象，讲述他们数十年如一日扎根农村教育岗位，用爱与心血浇灌莘莘学子，帮助他们追逐梦想并改变命运的故事。

《春风化雨》由上海广播电视台第一出品、东方娱乐联合出品，饶俊担任编剧，王骏晔担任总导演。故事发生在顺安县和平中学，刚毕业的安颜（佟丽娅饰）初来乍到，面对陌生的乡村环境和不同的教学理念，她一度感到迷茫和无助。但随着与学生的相处以及家访的深入，她逐渐认识到乡村教育的重要性。整剧从 2012 年切入，一边推进至 2023 年，一边闪回到 2002 年，双线叙事，巧妙地编织事件逻辑与戏剧冲突，将两代教师的选择与命运相互对照。

---

① 《新民晚报》记者。

剧照：安颜老师用酸菜换肉的传统延续了多年

　　剧中，安颜既管教学也管学生日常，她用"酸菜换肉"改善他们的伙食，维护他们的尊严。为了孩子们的健康成长，她主动冲在最前面解决各种学校提供营养午餐过程中出现的麻烦和争端。这也让城里来的支教老师丛俊生（杨玏饰）深受感召，让他从乡村教育的旁观者，逐渐转变为真正的参与者。剧情紧贴时代背景，以国家营养午餐政策为起点，用一餐一饭串起乡村学校师生的点滴日常，讲述乡村教育面临的困境。

　　据悉，电视剧《春风化雨》主创团队曾深入贵州山区，与当地中小学的师生交流，体验乡村教师的工作和生活，以求准确生动地塑造人物，做到形神兼备。在走访当地时，佟丽娅记得有位同学的家没有像样的家具，但有一整面墙的奖状。"这是他们家里最好的装饰品，看到这些你会很感动，眼泪一下子就掉下来。"佟丽娅说扎根一线的乡村教师就是乡村的守望者，"看他们上课、走访，我在观察和模仿的同时，被乡村教师身上散发的光芒所感动"。

饶俊表示整部剧创作历时 3 年多，他不仅融入自己的亲身经历，还通过大量实地调查、采访、挂职工作，期望让该剧对乡村教育工作者进行全景式描写，还将支教老师、考编老师、教培老师也融入故事之中，通过角色延展叙事支线，塑造鲜活的乡村教师群像。

此外，该剧还向观众展示了贵州地区大量的山水风貌及人文特色，一道道令人垂涎的西南美食，一场场独具特色的民族歌舞，一帧帧堪为"屏保"的风光美景，配合大量的当地方言台词，在给观众带来沉浸式追剧感受的同时，更展现了贵州生动、鲜活、有趣的原生态田园风情。

真实真挚真诚兼具，痛点泪点燃点并存①

尊敬的各位领导、专家，主创团队同仁，媒体朋友：

大家下午好！

首先，非常感谢各位对我们出品的电视剧《春风化雨》的关注与支持。作为出品人，我非常感动，也非常感谢全体剧组成员凝心聚力、精益求精，创作了这样一部真实、真挚、真诚的作品。更要感谢国家广播电视总局、中共上海市委宣传部、中共贵州省委宣传部、中共陕西省委宣传部、上海市广播电视局、贵州省广播电视局对本剧的大力扶持，以及东方卫视、北京卫视、腾讯视频、芒果 TV、爱奇艺等播出平台对本剧的播出支持。

《春风化雨》是一部关注乡村教育的现实主义作品，剧中的人物是真实、鲜活、可爱的，内容上有痛点、泪点，也有燃点，基调和底色是温暖明亮的。通过对乡村教师群像的塑造，

---

① 方刚在电视剧《春风化雨》研讨会上的发言。方刚，北京百纳千成影视股份有限公司董事长、总裁，电视剧《春风化雨》出品人。

《春风化雨》生动诠释了习近平总书记所倡导的"教育家精神"。在第40个教师节到来之际，我们以这部剧向奋斗在教育一线的广大工作者致以崇高的敬意。本剧紧扣2024年中央一号文件关于"推进乡村全面振兴"的时代命题，不仅折射了中国乡村教育发展近二十年的历史成就，更以宏伟的历史叙事和细腻的人物情节，多角度呈现了乡村教育的发展和精神面貌的变化。

这部剧的创作，源于编剧饶俊老师想回报家乡、恩师的初心，而这份初心也打动了我们。我们希望通过这样一部深入群众、扎根生活、反映现实的作品，让更多的人关注乡村教育的发展和乡村孩子的命运。这既是北京百纳千成影视股份有限公司二十多年来对于精品的坚守，也是作为一家上市影视企业的社会责任。

该剧创作过程中，我们关注到这些教育工作者，他们有着天然的使命感，但支撑他们更多的是实现自我价值所带来的成就感，而这也是我们能够与之共情的连接点。对于从事教育事业，教师有着价值认同与情感认同，所以才能无怨无悔。作为企业经营者也一样，我们愿意坚持并持续输出像《春风化雨》这样能够温润心灵、启迪心智的作品。

凡是用心创造的东西，都会被赋予灵魂。随着剧集的热播，很多观众评价，这是一部真而美、超预期的"良心剧"；还有很多网友留言，看了这部剧会想起自己的老师，有了当老师或者去边远山区支教的想法。这些真情实感的反馈，对于我们所有台前幕后的工作人员来说，都是一个很大的鼓舞。我也坚信，这部剧的口碑会继续发酵，成为一部经得起时间考验的"留得住"的好作品。

未来，北京百纳千成影视股份有限公司也将继续为更多怀有赤诚之心的创作者，提供一个有安全感的创作空间和平台。我们将坚定地寻找好故事，创作出好内容。

最后，再次感谢各级领导部门和播出平台对《春风化雨》的肯定和认可，感谢编剧饶俊、导演王骏晔、演员佟丽娅老师、杨功老师的辛勤付出。

追求时代质感，书写山乡巨变①

邹　标

尊敬的各位领导、专家，亲爱的各位主创同仁以及媒体老师：

大家下午好！

非常感谢大家对我们电视剧《春风化雨》的支持。首先，请允许我向大家汇报一下《春风化雨》自开播以来的播出情况。本剧于 2024 年 8 月 27 日起在北京卫视、东方卫视每晚 19：30 黄金档播出，腾讯视频、芒果 TV、爱奇艺会员同步播出。截至收官，东方卫视 CSM（中国广视索福瑞媒介研究）71 城平均收视率为 2.028%、平均市场份额为 7.226%，位居省级卫视同时段第一；北京卫视 CSM35 城平均收视率为 1.275%、平均市场份额为 4.313%，位居省级卫视同时段第五。本剧全网累计有效播放量近 2 亿，在同类型题材电视剧中位居前列，获得新华社、《人民日报》《光明日报》《文汇报》等主流媒体点赞，全网曝光量达 4.63 亿次。该剧在网上也掀起了热烈的讨论，微博热搜累计 27 个，抖音热点累计 8 个，官方抖音点赞数过万的视频

---

① 邹标在电视剧《春风化雨》研讨会上的发言。邹标，北京百纳千成影视股份有限公司副总裁，电视剧《春风化雨》总制片人。

共 31 支，其中破 100 万赞视频 2 支，最高破 111 万赞，抖音主话题"# 电视剧《春风化雨》"，播放量破 3.8 亿。在此也非常感谢国家广播电视总局、中共上海市委宣传部、中共贵州省委宣传部、中共陕西省委宣传部、中国电视艺术委员会等单位从创作到播出各个环节对我们的指导和帮助。正是因为你们统筹全局的把控和不遗余力的支持，我们的《春风化雨》才能取得良好的播出成绩。

电视剧《春风化雨》的主创团队，在创作之初是秉承着对社会责任的追求而凝聚在一起的，包括编剧饶俊老师、王骏晔导演及主演佟丽娅老师、杨功老师和刘昱辰老师等，还有幕后的美术指导申小涌、造型指导苏志勇、摄影指导华大宝、灯光指导侯华、音乐指导董颖达，以及选角团队自在映画等。我们创作的初心是希望通过真实的、接地气的表达，来引发全社会对于乡村教育的关注。因而在创作伊始，我们首先围绕这部剧的定调达成共识，便是希望它既能有现实的肌理感，又能有温暖的底色。

为了追求真实的质感，我们在制作上做了很多的尝试和努力。例如，我们这部剧的故事背景设定在西南山区，因而我们要求该剧的一百多位演员都需要讲西南方言，以此来增强故事的信服度和观众的沉浸感。同时，我们这部剧又有很多群像

附录

275

的塑造，这些都给演员的遴选增加了很多困难。为了实现这一点，一方面，我们从贵州周边调来了很多群众演员；另一方面，我们的主要演员也都在尽力克服方言的问题。我们还邀请了专业的方言老师全程给予指导。全体主创人员的共同努力，使《春风化雨》呈现出了真实的效果。

在取景地的选择上，因为本剧主要讲述校园故事，我们的主创团队在一个月的时间内跑遍了铜仁市及周边的 300 多所学校，最终筛选出 5 所学校，通过借景等方式，整合成为剧里最终呈现出的和平中学和第十四中学。也正是我们主创团队如此认真扎实地创作，才使真实可感的乡村学校、乡村教师和乡村故事呈现在荧屏上。

在此特别感谢我们的编剧饶俊老师，因为有他的初心和创作，让大家相聚在一起，从最开始铆足干劲的激情，到拍摄过程中携手攻坚的团结，从播出前等待检阅的忐忑，再到如今复盘经验的虚心求学，始终不变的是我们的创作初心，那就是扎根现实，去书写温暖明亮的、讲述当下乡村动人事迹的作品。也非常感谢该剧主创团队、演员的共同努力以及政府部门和播出平台的大力支持，我们无限接近了创作的初心。希望在座的各位领导和专家能够不吝批评指导，帮助我们继续进步，创作更多为乡村发声、书写山乡巨变的美好作品。谢谢大家！

坚守文化国企的使命担当，创作反映时代之影视精品①

黄献松

尊敬的各位领导、各位专家：

大家下午好！

首先，感谢主办方能给我们提供这次宝贵的机会，让大家聚在此处交流、学习、总结经验。我代表西部电影集团有限公司，对关心和支持电视剧《春风化雨》的各级领导和社会各界表示衷心的感谢；对剧组全体成员表示最诚挚的敬意，是你们的辛勤工作和不懈努力，让这部剧得以完美呈现在观众面前。

《春风化雨》是国家广播电视总局电视剧引导扶持专项资金资助项目，也是陕西省重大文化精品扶持项目。该剧献礼教师节设立 40 周年，自开播以来，收视率迅速破 2，累计播放量破亿，口碑爆棚，成为主旋律电视剧新探索、新表达的代表作品，赢得了广大观众的喜爱和社会各界的广泛认可。

坚持现实主义题材创作是西部电影集团有限公司的优良传

---

① 黄献松在电视剧《春风化雨》研讨会上的发言。黄献松，西部电影集团有限公司总经理。

附录

277

统。担任该剧编剧的饶俊不仅将个人的心路历程融入剧本创作，更是通过实地调查、采访和挂职工作，深入生活，扎根基层，以独特的视角和细腻的笔触，捕捉到了乡村教师平凡而伟大的形象，并以电视剧《春风化雨》全景式地展现了乡村教师扎根山乡、以爱育人的生活状态和精神风貌。从《在希望的田野上》到《春风化雨》，这两部我们合作出品的反映乡村振兴的现实主义题材热播剧，主创团队都带着精益求精的态度，深挖现实生活的种种细节，不断丰富和拓展题材的表达内涵和维度。《春风化雨》能取得这些成绩，我认为有以下几点原因：

首先，深刻的主题与现实主义风格。该剧以全面推进乡村振兴为背景，聚焦乡村教师群体，真实地展现了他们在教育一线的辛勤付出和对学生的深切关怀。剧中对乡村教育现状下教师对学生教育与家庭关照之间的平衡之难、职业发展与乡村教育振兴之间的选择之难、现代教育理念与传统教学之间的融合之难等的真实描绘，触动了观众的心弦，引发了广泛的社会共鸣。

其次，精湛的演技与成功的角色塑造。主演佟丽娅以及其他演员的出色表现，为角色赋予了生命力。特别是佟丽娅成功塑造了最美乡村教师安颜的形象，她将角色在教育与家庭之间的挣扎、成长和奉献演绎得淋漓尽致，让角色的坚韧与温情深入人心，赢得了观众的认可和赞赏。

最后，精良的制作与呈现出的真实感。剧组深入贵州山区

278

实地采风，力求在剧情、场景、服饰、语言等方面做到真实还原，为观众提供了沉浸式的观剧体验。剧中不仅展现了乡村教师的工作和生活，还展示了贵州地区的山水风貌和人文特色，增强了剧集的观赏性。

接下来，西部电影集团有限公司将继续坚守文化国企的使命担当，坚持正确导向，坚持双效统一，坚持精品意识，努力创作更多展现时代风貌、引领时代风气，有思想、有温度、有品质的影视作品。

在此，诚挚地邀请各位领导、专家为西部电影集团有限公司的影视剧创作多给予政策上的指导，多提宝贵意见，以便于我们进一步做精做优内容，为推动新时代影视精品创优攀峰贡献力量。

谢谢大家！

春风化雨

求共情而非同情，
有困难但不苦难①

尊敬的各位领导、专家：

大家下午好！我是《春风化雨》的导演王骏晔。

今天，我非常荣幸能与大家分享我们的作品。这部剧是我们对乡村教育和教师精神的深情致敬，也是我们团队对拍摄当代主旋律作品的深入探索的成果。

在拍摄现实主义作品的过程中，我坚信真实是创作的基石。剧集播出后，我们收到了许多观众的积极反馈，这让我们备受鼓舞。然而，也有观众对剧中的一些情节表示疑惑，如"乡下的孩子怎么可能不会游泳？""留守儿童怎么可能没有老人照料？""教师为何要帮助残障少年，这难道不是超出了教师的职责范围？"面对这些疑问，我完全理解。如果我没有在三年前走进编剧家乡的大山，我也无法想象那些青山绿水间的山村会季节性缺水，甚至曾有人为了水源而拼命。十多年以前山

---

① 王骏晔在电视剧《春风化雨》研讨会上的发言。

280

里连生活用水都很稀缺，谈何游泳？如果编剧没有亲身经历，主创没有亲眼见到，也不会真实呈现父母在外打工，只留初中生姐姐照顾上小学的弟弟的画面，并从内心生出"他们需要的不是同情而是共情"的教育观念。如果演员没有走访多所乡村学校并与真正的乡村教师深入交流，就不会了解他们除了上课，还要负责把失学的学生请回教室上课，给住校的留守儿童又当爹又当妈，翻山越岭给残障少年、儿童"送教上门"。此外，为防止学生溺水，教师还要承担轮班巡河等教学之外的工作。如果不了解这一切，演员也不会在镜头前将乡村教师的辛酸与辛苦表现为一种坦然。

我们深知，距离产生怀疑，而亲近带来理解。正如战地摄影师罗伯特·卡帕所言："你的作品不够好，是因为你离得不够近。"我们希望通过我们的镜头，让更多人了解大山中正在发生的真实故事，从而关注那里的孩子和乡村教师，以及乡村教育的现状。让我们走近一点，再走近一点。

大山里的生活确实艰苦，但我们坚决不渲染苦难，而是通过展现乡村教师在艰苦环境中的坚守与奉献，以及他们与学生之间深厚的情感，来传递教育的力量，展现乡村教师的不凡光辉。正如剧中安老师离开和平中学时，学生自发跑向山顶目送安老师的车辆驶出蜿蜒山路的那场戏，既是学生对老师留恋的情感体现，又是老师如大鹏鸟带着学生飞向更广阔天空的温暖表达。我们希望，无论处在多么阴冷的角落，只要有教师的存

附
录

在，就能被温暖的光芒照亮，这也正是本剧温暖明亮基调的来源。同时，为了中和剧中悲伤的段落，我们还在剧中融入了一些幽默和喜剧的元素，因为它们是克服生活困难的良药。无论是教师与学生之间的趣味互动，还是乡村生活中的小插曲，还有对丛俊生老师一片痴心的李琴老师，以及夹缝中求生存的县教育局王局长，这些剧情和人物的设置，都为剧情增添了色彩，让观众在感受教育的严肃性的同时，也能享受到乡村生活的乐趣。

现实主义作品的浪漫主义表达是我的追求，因此我心中对本剧的定位就是一个字——美。我们的剧中有外在美与心灵美和谐统一的教师，有贵州奇美的风景、秀美的田野、优美的音乐、美味的食物，还有那么多美好的故事。我急切地想与观众分享这些美好的事物，并无比享受与大家共度这美妙的时光。

总之，《春风化雨》是一部充满温情的作品。我们期望通过这部剧，让教师点亮的教育的光芒在观众心中留下深刻的印记，就像春风化雨般无声地滋润着每一个人的心田。我们坚信，通过我们所有人的努力，一定可以让严冬温暖一点，更暖一点！

谢谢大家！

用心创作，用爱演绎①

佟丽娅

尊敬的各位领导、各位嘉宾，亲爱的朋友们：

大家好！

非常荣幸能够在电视剧《春风化雨》研讨会这个重要的场合与大家交流分享拍摄心得，我是这部剧中安颜老师的扮演者佟丽娅。

当我拿到《春风化雨》的剧本时，就被其中细腻的情感脉络、深刻的故事主题以及鲜活的人物形象所深深吸引。这部剧以独特的视角讲述了教师在"学生教育与家庭关照之间的平衡之难，职业发展与乡村教育振兴之间的选择之难，现代教育理念与传统教学之间的融合之难"，讲述了一段段温暖而又充满力量的故事。今天，借此机会，我想就《春风化雨》中我对安颜的角色理解、我的心路历程以及创作体验，与大家分享。

安颜是一个非常坚定、内心善良、做事果敢、性格直爽的乡村教师。在从事教育工作的二十年里，不论是应对外界环境

---

① 佟丽娅在电视剧《春风化雨》研讨会上的发言。佟丽娅，电视剧《春风化雨》安颜饰演者。

的能力还是她的内心，她都得到了自己的成长。其实要表演二十年的这个成长跨度对我来说确实是很有挑战性的，需要在一个相对较短的拍摄周期里面展现安颜在不同年龄阶段的情感、想法、经历和人生体验。

我自己就是从新疆，翻过了天山山脉走到了北京。这一路我也遇到了很多很多帮助我的老师，我深知教育的意义重大。以前，我最大的愿望是成为一名教师，即使在我学习舞蹈时，选择的方向也是舞蹈教育专业。所以拿到这样的角色，让我共情、感动，好像有天然的使命感促使我完成这个角色，同时我也很想通过这样的角色表达自己内心的感受。因此为了更快融入安颜这个角色，我在接到这个戏的第一时间就去了贵州荔波、铜仁进行了二十多天的体验生活、实地学习，了解了当地的少数民族文化、乡村教育和民生情况，看到了当地教师和学生之间的相处模式，教师上课的状态，如在教学时的手势、走路姿势等。我接触的这几位乡村教师，都非常年轻，他们会把学生当成自己的朋友，用朋友的交流方式，采用一些有趣的形式，让这些孩子爱上学校，爱上学习。我还和这些教师真正地进行了一些家访工作。其中让我印象最为深刻的就是在一个学生简朴的家里，简单的水泥墙上贴满了奖状。当地这些孩子对于知识的渴望给我的触动是非常大的。

通过实地调研，与当地的教师、家长沟通交流，让我深刻了解了乡村教育的重要性以及面临的挑战，了解了乡村家庭的经济状况、教育方式、家庭关系等，从而更好地理解人物在剧中角色；通过与当地学生的交流，了解了他们的思想意识、价值观念和兴趣爱好等方面的情况；这些信息对于塑造安颜作为一名教师的内心世界、行为方式和人际交往方式非常重要，可以使角色更加立体、真实。通过实地调研，我也能更加体会到安颜这个角色身上的信念感和使命感，并且很多的调研经历，我都在拍摄时巧妙地运用到了角色身上。同时，因为安颜是一位物理教师，根据这个角色的职业特点，我也会在网上查阅很多的物理小实验，套用我们生活中好玩的内容，揣摩细节，融入角色中。这样我觉得既丰富情节又带有人物特点。

很有意思的是，在拍摄过程中，学生饰演者年龄普遍比较小，很多他们拿捏不准的地方，我们便一起讨论，在我们彼此交流的过程中，也体现出一种亦师亦友的关系，这让我们很容易将情感代入到拍摄时的规定情境当中。记得有一场戏是"小张楠"拿到录取通知书的桥段，他的情感始终没有表达出来，刚好那时碰上学生收到录取通知书，我就在网上找了很多很多视频，和他一起看，看完以后分析交流感受。我对"小张楠"说，通知书对于这个角色应该是很珍贵的，表演这个角色的过程中，为了突出人物当时的状态，我们要把手洗干净，小心翼翼地捧着它，要大声地去读录取通知书上的文字。每次表演完，我都会被这些演员感动，我也会被自己演出的这段戏的内容打动。在演绎剧中角色的过程中，我确实经历了一次心灵的洗礼。

剧中的人物面临着各种挑战与困境，他们有过迷茫、有过挣扎，但始终怀揣着希望与勇气。通过与这些角色的"对话"和"相处"，我更加深刻地理解了乡村教师的意义和价值。安颜是鲜活的、接地气的，她用无畏的心态坚守、带领与帮助一批批乡村学子走向更广阔的天地，她身上既有属于个人的性格和魅力，也有伴随着时代背景的精神信仰，是无数乡村教师的缩影，人物弧光跃然荧屏。

《春风化雨》不仅是一部电视剧，它更是一种情感的传递、一种价值观的表达。它让我们看到了人与人之间的关爱、理解与包容，让我们感受到了生活中的温暖与美好。在拍摄过程中，整个剧组都投入了极大的热情和心血。在这里，我想借此机会，感谢我们编剧饶俊、总导演王骏晔、总制片人邹标、制片人刘春蓉，感谢演员杨玏、张峻宁、刘佩琦老师、康爱石老师、刘昱辰老师，以及很多没有到场的演员朋友，感谢本剧制作出品方北京百纳千成影视股份有限公司、上海福得文化创意有限公司、西部电影集团有限公司，感谢东方卫视、北京卫视、腾讯视频、芒果TV、爱奇艺对《春风化雨》播出给予的鼎力支持，感谢台前幕后的每一位工作人员，还有关注、支持、帮助这部戏的每一位伙伴。我们一起经历了无数个日日夜夜，一起克服了重重困难，大家都为了打造一部优秀的作品而努力，这份共同的经历将成为我演员生涯中一段宝贵的回忆。

我也非常感激观众朋友对《春风化雨》的喜爱和支持。你们的每一次评论、每一个反馈都是对我最大的鼓励。未来，我希望能够继续参与创作更多像《春风化雨》这样的优秀作品，用我的表演去传递更多的正能量，去触动更多人的心灵。我相信，只要我们用心去创作、用爱去演绎，就一定能够打造出更多无愧于时代、无愧于观众的优秀作品！

　　谢谢大家！

奔赴山海，渡人渡己①

杨　功

尊敬的各位领导、专家学者，媒体朋友们：

大家好！我是演员杨功，在电视剧《春风化雨》中饰演的是丛俊生。非常荣幸，我作为剧中演员能够参与本次《春风化雨》的主题研讨会。

丛俊生在剧中是一名物理教师。他从城市中来，到农村中去，在支教的过程中看到了乡村孩子面临的困难和不易。他从最初仅有一腔热血，到随着家访看到学生身处的困境，无法改变的环境，从而领悟到这里的孩子，他们需要的不是同情，而是共情的育人理念。沉下心的丛俊生，通过寓教于乐的方式调动学生的学习积极性，让学生在生活中学习，激发学生的学习动力。丛俊生是积极的、向上的并充满热情的。面对工作中那些不易解决的问题，他用积极的内核驱动着自己，影响着身边的人和环境。而后在近一年的乡村教学过程中，从最初被安老师影响，再到秉承着自身对职业的热爱、对这片土地的热忱、

---

① 杨功在电视剧《春风化雨》研讨会上的发言。杨功，电视剧《春风化雨》丛俊生饰演者。

对这些孩子发自内心的喜爱，丛俊生带着坚定的信念和自我奉献的精神，扎根在了和平中学，去陪伴和守护学生的成长与梦想，支持着一方乡村教育的发展。

在拍摄前期，我们跟随剧组深入到贵州铜仁当地的学校进行了多次走访，与当地的教师进行面对面的交流和学习。他们对学生的了解可谓如数家珍，从课堂到生活事无巨细。通过近距离的接触，"乡村教师"于我而言不再是一个剧本上的名词，他们从跃然纸上到成为我深深刻画于心的动词，寓意的是付出与奉献。

在前期走访过程中，除了学校，我们还去了当地几名贫困学生的家里，看到他们真实的生活环境，让我深刻感受到教育可以说是改变他们一家人命运的唯一途径、唯一出路，因为家里面可能除了这个学生，其他人都不识字。这是他们面临的基本生活困境。对于他们来讲，除了上学，真的没有别的办法能够走出去。只有靠教师才能够切实地帮助到这些孩子，而这种帮助不仅关系到孩子的一辈子，更关系到整个家庭的命运。所以，我觉得乡村教师，这样一个角色，这样一个群体，包括这样一段故事，是需要被观众看到的、记住的，乡村教师所代表的精神，是需要我们去传承和传递的。

承载着这份感动和责任，《春风化雨》全体主创在贵州炎热的天气里，凝成了一股力量，每个人都带着百分之百的热情投入到拍摄中。回首整个历程，学生纯真的笑脸依然历历在目，当地教师的热情帮助依然感动于心。《春风化雨》这部电视剧的顺利播出，离不开台前幕后所有工作人员的付出和努力。对于我个人而言，在这次经历后，我对乡村教育、乡村教师也有了全新的感受和认识。强国必先强教，强教必先强师，教师队伍是建设教育强国的第一资源。在 2023 年的全国优秀教师代表座谈会上提出的教育家精神，既源于千百年来师者的优良传统，又立足于当今强国建设、民族复兴的时代使命，而我们剧集在第 40 个教师节之际与观众见面，也是《春风化雨》送给全国教师群体的一份礼物，更希望它能成为教师群体的一个强心剂，让更多人看到乡村教育的真实现状、了解乡村教育二十年的发展历程。同样，我也希望通过《春风化雨》的力量，让更多人参与到乡村教育事业发展中来。

最后我想说，安颜、丛俊生这样的教师不是一位、两位，在我们祖国辽阔的土地上，有千千万万这样奋战在一线的教师。他们默默无闻地奉献着自己的一生，照亮和指引着无数孩子的未来和梦想。

"春风化雨育桃李，润物无声洒春晖"，奔赴山海，渡人渡己，不忘师恩，不惧前行，在此向每一位教师致敬！

谢谢大家！

随风入夜，润物有声[①]

刘昱辰

尊敬的各位领导、各位老师：

大家下午好，我是演员刘昱辰。

今天能够坐在这里，我要衷心感谢本剧的编剧、导演、制片人，是他们，让我从《在希望的田野上》中的那个迷茫的方响，成为《春风化雨》里主动参与西部计划的乡村教师方响。方响，他找到了方向。

这部剧的迷人之处，在于它塑造的是有血有肉、丰满立体的教师群像，剧中教师角色横跨老中青三代，方响属于青年一代。安颜老师是"安得广厦千万间，大庇天下寒士俱欢颜"；丛俊生老师是"丰神俊朗，典雅书生"；钟玉科校长代表老一代"铁骨铮铮，金科玉律"；符胜治校长则是"出奇制胜，治校有方"。到了方响这儿，他更多的是"90后"职场模范代表。

剧中，在张楠的推荐下，"我"有幸成为安颜老师初创团队的首批骨干，负责学校的德育工作。因为年轻，"我"常常

---

① 刘昱辰在电视剧《春风化雨》研讨会上的发言。刘昱辰，电视剧《春风化雨》方响饰演者。

附
录

291

能和学生打成一片，准确抓住学生的痛点、痒点，解决学生管理中的疑点、难点。

在前期的"深入生活，扎根人民"体验生活过程中，在演绎这样一个角色的经历里，我觉得自己完成了一次精神洗礼。此前，我多少带着些刻板印象看待乡村，认为大山是阻碍。可是现在我觉得，漫山的梯田，也布满了学生快乐奔跑的足迹。愚公移山，也不需要法力无边，学生有自己的解决办法。我更加清晰地理解剧中安老师那一句台词："他们需要的不是同情，而是共情。"方响从接近学生，到走进学生的心；我也从试图接近乡村，到融入乡村。

虽然我很迷恋编剧构建的从《在希望的田野上》到《春风化雨》的乡村宇宙，但是后面应该没有机会了，因为方响牺牲了。这样的牺牲让我惋惜，也让我沉思。其他教师的名字都有那么深刻的含义，那方响呢？想了一路，我也找到了方向，原来我的"方"不是姓，而是一个程度副词。《繁花》讲求"不响"，但广大乡村教师在步履不停、躬耕不辍的漫漫征途上，因为真心付出，在个人的生活甚至生命上有所牺牲，精神之声方"响"。

以上，内容虽词不达意，但都是真情实意；即便语无伦次，亦是肺腑之言。最后，我想引用导演在此前的观影活动中说的一句话来结尾——祝愿我们的《春风化雨》，随风入夜，润物有声，不仅有声，还要"响"。

谢谢大家！

展现民俗、丰富剧情、续写情谊

——贵州"高山流水"特色酒文化
为《春风化雨》增添亮色

刘婧雅[①]

　　电视剧《春风化雨》在贵州省铜仁市进行了拍摄，展现了贵州当地丰富多彩的美食美景与民俗文化。看过电视剧《春风化雨》的观众，可能会对安颜老师在张家寨动员拆迁时受邀参

剧照：安颜说服高家寨人搬迁，接受"高山流水"敬酒礼

――――――――――――

　　① 电视剧《春风化雨》文学策划。

加的一场晚宴印象深刻。热情的苗寨村民在村委会小广场上摆起了十来桌宴席，不仅围着篝火载歌载舞，还用颇具特色的"高山流水"这一敬酒方式，来表达对安老师、卢书记、方老师等一行人的热烈欢迎。

那么，什么是"高山流水"呢？它是贵州苗族人家一种特殊的敬酒方式——数名头戴银冠的苗族姑娘，手捧当地特制的陶酒壶，唱着民族歌谣，按照身高从高往低依次排开，数十个酒壶依次倒酒，酒从上而下流入客人口中，便形成了所谓的"高山流水"。古人云："高山流水遇知音。"这种敬酒方式也象征着苗族人对客人的欢迎和对友谊天长地久的祝愿。

其实，将这一民俗融入电视剧《春风化雨》的情节，也是导演王骏晔在创作过程中的巧思。他希望通过此作，更多地展

花絮：王骏晔导演体验"高山流水"敬酒礼

现贵州当地颇具特色的人文风情。《春风化雨》是"贵州乡村系列"的第二部作品，此前已有一部由饶俊编剧、王骏晔执导的优秀作品《在希望的田野上》播出。《在希望的田野上》已经对"拦路酒""长桌宴"等贵州当地的特色文化进行了精彩的展现，那么如何再找到更多的趣味民俗，就成了主创人员面临的新挑战。

因此，创作团队在前期也深入了解了贵州当地丰富的餐饮文化，并最终筛选出了"咂酒""高山流水"等当地饮酒习俗。"咂酒"是将竹管插入坛中，客人轮流吸饮的一种饮酒方式，同样是西南民族地区特有的民俗文化。而"高山流水"比"咂酒"更具形式感与观赏性，体现在剧情中，更能表现出张家寨村民对安老师、卢老师等客人的热情欢迎，同时又隐约透露出

花絮：工作人员指导苗族少女拍摄站位

对安老师的试探和较量，使剧情层次更为丰富。因此，导演王骏晔最终确定将"高山流水"作为张家寨村民的待客之礼，而"咂酒"则出现在另一场村民喝酒的戏份中。

在拍摄过程中，剧组邀请到了贵州当地的苗族少女们，真实还原了"高山流水"的敬酒之仪。此外，为了在体现当地特色文化的同时，又能让电视机前的观众更有代入感，同时为了让这一段剧情更能展示角色心境，王骏晔导演现场提出，希望这段祝酒的民族歌谣能被谱写成汉语的版本。因此，在演员和工作人员的共同努力下，另一首曲调相同但语言不同的优美歌曲得以呈现在剧集之中：安老师唱着"哥哥有话不在理，且听我们来表白，我们女子不一般，辛勤耕作几千年"，拉着苗家姐妹的手，让张家寨的男男女女、老老少少欢聚一堂。

这场戏的拍摄给大家留下了深刻的印象，而贵州这种鲜活、生动且充满美好寓意的酒文化也在所有主创人员的心中留下了一抹亮色。因此，饰演安颜的演员佟丽娅在杀青之际，也借用了"高山流水"的仪式，向导演王骏晔敬上美酒，延续了所有主创人员团结一心的美好情谊。

趣味物理小实验
成就《春风化雨》众多名场面

刘婧雅

电视剧《春风化雨》以安颜老师的视角，讲述了一群乡村教师用爱托举山里的孩子奔赴希望的故事。女主角安颜和男主角丛俊生均为物理教师，因此剧情中时常穿插着一些饱含趣味

剧照：安颜与丛俊生联合重现托里拆利实验

性和哲理性的物理小实验，而这也成为该剧的一大亮点。

剧中最为大型的一个物理实验，要数丛俊生与安颜两人联合开展的托里拆利实验。该实验的物理原理是证实一个标准大气压的大小约为 10.3 米水柱所产生的压强，是物理学界一个经典的实验。在实际拍摄的过程中，这个大型实验给剧组的工作人员带来了不小的挑战。为了体现乡村中学的特点，和平中学的场景选址内，没有超过 10.3 米的高楼，如何再现这个实验成了一个难题。为了呈现较好的影视效果，剧组使用了加压泵等物理手段，使水柱内的实际水位低于 10.3 米，再结合蒙太奇剪辑等技巧，最终完成了这一段情节的拍摄创作。此外，主创人员在拍摄现场更是丰富了这一段剧情的设计，通过真空管中红色水柱的不断上升，来暗示男女主角的情感升温，以至于男主角在冲动之下将自己的爱意隐藏在实验结论中，说出了那句"我对你的感情，就像大气压强一样恒定"。这个实验也成了该剧的名场面之一。

女主角安颜老师，也经常通过物理小实验加强与学生之间的情感联结，并教会他们一些人生道理。在与贫困学生潘诗雨的互动过程中，这个倔强而又自尊心极强的小女孩，几次拒绝了安颜老师的帮助。安颜老师耐心地用"省力杠杆"的原理向她解释，当作用力不够的时候，可以通过增加力臂的方式，来减轻生活的重担。这一番言行也最终打动了潘诗雨，她在安颜老师的帮助下，成功考上了重点学校。在帮助有着心理问题和家庭压力的田兴文同学时，安颜老师则借助"浮力原理"来解决问题。她说，田兴文就像开口水瓶中的乒乓球，如果一味添水而不把底部封紧，乒乓球是不会受到浮力托举的，只有帮他堵住家庭的"漏洞"，他才能真正浮上水面。最终在安颜老师的引导下，田兴文与母亲达成了和解。

剧照：安颜老师带领学生做浮力实验

　　除了对师生关系的构建与塑造，剧中的物理小实验也处处流露出关于生活的体悟和温情的表达。丛俊生老师第一次带领学生上暑期实验课，引导大家尝试通过不同的物理方法，让鸡蛋从高空坠落而不破。这个实验在设计之初并没有考虑对破损鸡蛋的处理，但是该剧的背景是乡村，学生对于粮食是十分珍惜的，所以主创团队将其改成用塑料袋包裹鸡蛋从高空坠落，如此即便鸡蛋破损也不浪费。虽然是非常小的一处细节，却也体现了创作者真诚的态度。而在另一场关于水火箭实验的情节

剧照：丛俊生老师用塑料袋包裹鸡蛋教学生做物理实验

段落中，王骏晔导演提出，希望参演的当地素人小演员，把自己真正的愿望写在水火箭之上，随着小火箭飞向高空。这些孩子写得最多的愿望，便是希望"能和父母在一起"，此情令在场的工作人员动容，相信这份真挚而不加修饰的情感，也感动了电视机前的无数观众。

花絮：物理顾问杨勇刚向主创人员解释实验的物理原理

剧中这些物理小实验的设计，不仅有饶俊编剧、王骏晔导演与其他主创人员的头脑风暴和精心挑选，也离不开该剧的物理顾问——铜仁市第十七中学党支部副书记、德育副校长杨勇刚的专业指导与耐心讲解。正是所有工作人员的共同努力，才让这些令人印象深刻的物理实验，串起了全剧一个个动人的山乡故事。

记忆中的美好

王骏晔

> 对于我们这些来自农村的孩子来说，老师就是希望，是大海里的灯塔，是夜空中的北极星。
>
> ——摘自电视剧《春风化雨》中唐瑞雄写给安老师的信

筹备《春风化雨》时，我去探望了初中的班主任"聂主席"。他不是什么领导，而是一位美术教师，因为当年他总是穿一件藏青色的中山装，梳着毛主席的发型，所以我们私下里才叫他"聂主席"。他教我们素描、国画、篆刻、水彩和书法，不记得 20 世纪 90 年代的初中美术课如何塞下这么多内容，只记得是他为我打开了艺术的大门。回忆起当年放学后跟他免费学画的日子，聊起用墨水涂满他家院墙的往事……无限美好。聂老师对我的影响是深远的，他教会我的不仅仅是绘画技巧，更重要的是对美的追求和对生活的热爱，他是我心中的一位好老师。

安颜老师是编剧饶俊心中的好老师。三年前，饶俊说要写一部剧来感谢帮他走出大山的老师。他将帮助过自己的老师的形象都写到了剧本中，其中最闪耀的那盏明灯，就是安颜老师。她在乡村教育战线上执着坚守，不断地成长与突破，坚定信念勇敢前行，怀揣着对教育事业的无尽热爱为孩子们照亮前行的道路。正是凭借着这份执着与信念，她帮助一个又一个孩子找到梦想，改写命运，成为更好的自己。

作为本剧的导演，我的工作就是将编剧笔下最美的安颜老师，塑造成观众心中的好老师。从选角的那一刻起，我才真的意识到，这真的很难！选角团队提了很多人选，都不能满足主创对内在美与外在美和谐统一的期待，直到我们见到了佟丽娅。佟丽娅的母亲就是一位教师，受母亲影响，她非常热心肠，从小耳濡目染，长大后也帮助了很多人。她非常认同编剧笔下的角色，曾说："我就是安颜。"

很高兴主创对《春风化雨》这部作品有着共同的认知，大山里的生活确实苦，但我们坚决不渲染苦难，而是通过展现乡村教师在艰苦环境中的坚守与奉献，以及他们与学生之间深厚的情感，来展示教育的力量和展现乡村教师的不凡光辉。正如剧中安老师离开和平中学时，学生自发跑向山顶目送安老师的车辆行驶出蜿蜒山路的那场戏，既是学生对教师留恋的情感传递，又有教师如大鹏鸟带着学生飞向更广阔天空的温暖表达。我们希望，无论处在多么阴冷的角落，只要有教师的存在，就能被温暖的光芒照亮，这也正是本剧温暖明亮基调的来源。

在影像风格上，我们注重真实与细腻，力求将乡村的美景与生活气息完美地融入影像中。我们运用大量的自然光和稳定的镜头呈现乡村环境和人物形象的细节，突出乡村教师的朴素与坚韧。同时，我们深入挖掘乡村文化的底蕴，让观众在欣赏美丽画面的同时，也能感受到乡村生活的韵味和质朴。整个拍摄尽力避免夸张和造作，力求真实流畅、自然清新。

本剧旨在通过一群扎根乡村的教育工作者的故事，唤起社会对乡村教育的关注与支持，让观众在欣赏故事的同时，感受到乡村教师的伟大与崇高，从而为中国乡村教育事业的繁荣和发展贡献自己的一份力量。

剧已播完，很幸运遇到这么多志趣相投的小伙伴，很高兴得到观众的积极反馈，感谢每一位帮助过我们的人，感恩我们遇到的每一位好老师。安老师再见，聂老师再见，你们都成了我生命中最美好的记忆！

告别之际，抬头再望向聂老师赠予我的画作，是他擅长的墨竹，画面的左上角有一只展翅飞翔的黄雀，很像聂老师屋檐下养的那只。

电视剧《春风化雨》歌曲

一路花香

作　词：董颖达

作　曲：董颖达

演　唱：龚琳娜

风经过山川　云落在山肩

远山的呼唤

请你请你留下来哎

请你请你回回头哎

请你请你慢些走哎

请你请你歇歇脚哎

请你请你常回来哎

飞鸟过林间　空谷有回响

流转的时间　种你在心田

请你请你回回头哎

请你请你慢些走哎

请你请你歇歇脚哎

请你请你常回来哎

……

花开花落的声音

连绵不断的思念

无雨半山晴　晚霞行千里

请你请你回回头哎

请你请你慢些走哎

请你请你歇歇脚哎

请你请你常回来哎

……

你给的光　我努力生长

种出芬芳　留一路花香

……

请你请你回回头哎

请你请你慢些走哎

请你请你歇歇脚哎

请你请你常回来哎

请你请你回回头哎

请你请你慢些走哎

请你请你歇歇脚哎

请你请你常回来哎

谢师说

作　词：董颖达

作　曲：董颖达

演　唱：双　笙

当我蹒跚学步　　是谁陪着我

伴我走向坦途　　一路星河

当我跌倒无助　　是谁陪着我

伴我走进阳光　　照亮前路

感谢的话　　从未说出口

感恩的心　　时刻提醒

感谢老师　　为我解惑

传道授业　　陪我成长

感谢老师　　感谢有您

春风化雨　　您的爱无疆

感谢老师　　播下希望的种子呀

润物无声　　您的情谊长

感谢老师　　感恩有您

春风雨露　　师恩不敢忘

当我蹒跚学步　　是您陪着我

伴我走向坦途　　一路星河

当我跌倒无助　　是您陪着我

伴我走进阳光　　照亮前路

感谢的话　　从未说出口

感恩的心　时刻提醒

感谢老师　为我解惑

传道授业　陪我长大

感谢老师　感谢有您

春风化雨　您的爱无疆

感谢老师　播下幸福的种子呀

润物无声　您的情谊长

感谢老师　感恩有您

春风雨露　师恩不敢忘

小小的毛毛虫

少年也会长大

师说

作　词：饶　俊

作　曲：李建衡

演　唱：刘昱辰

习惯对你批评却不曾鼓励你

直到毕业那刻才意识太严厉

板着脸说你们是最差的一届

分别时说快走吧却不愿离去

多年以后偶尔听说你的消息

常常想起初见时怯懦的表情

总是惆怅说着对未来不可期

听我说孩子啊你放心去飞吧

日月窗间过马

漂泊的孩子啊

别来无恙吧

那年青春做的梦你圆了吗

风尘天外飞沙

谁在低吟想家

奔波累了吧

愿你归来仍是少年　就好啦

……

别怕

我是你耕耘天地的杖犁

我是你学海无涯的渡船

我是你暗夜行走的北星

日月窗间过马

漂泊的孩子啊

别来无恙吧

那年青春做的梦你圆了吗

风尘天外飞沙

谁在低吟想家

奔波累了吧

愿你归来仍是少年　就好啦

我们有天会重逢

作　词：胡志敏／清彦

作　曲：李建衡

演　唱：刘昱辰

音乐监制：饶　俊

远山望不尽一重重

来时路无影踪

看不见故乡的天空

看不见你笑容

小院的花又开了吧

每当暮色变浓

想起远方期盼眼神

双眼逐渐朦胧

我们有天会重逢

也许在某个黄昏

我化作跨越千里的风

照拂进你的梦

想念若无声

抬头望一望星空

就当和那些心底的人啊

轻轻说声珍重

原谅我又脚步匆匆

来不及许重逢

远去了的呼唤声声

远去了的晚虹

无数次出现在梦中

山后那片花丛

无数次在梦里相拥

请别为我伤痛

我们有天会重逢

也许在某个黄昏

我化作跨越千里的风

照拂进你的梦

想念若无声

抬头望一望星空

就当和那些心底的人啊

轻轻说声珍重

远山望不尽一重重

来时路无影踪

等到某天　换来晴空

我们一定会重逢

感 谢 信

电视剧《春风化雨》剧组：

　　值此第 40 个教师节之际，中共铜仁市委、铜仁市人民政府向电视剧《春风化雨》剧组和全体演职人员致以教师节的问候！向剧组助推铜仁乡村振兴、助力乡村教育事业发展作出的积极贡献致以崇高的敬意！向剧组对铜仁的宣传推介表示衷心的感谢！

　　电视剧《春风化雨》紧扣乡村全面振兴时代命题，以铜仁乡村教育故事为题材，主要在铜仁取景拍摄，讲述了安颜、丛俊生等乡村教师，数十年如一日扎根农村教育岗位，辛勤付出、无私奉献，用爱与心血帮助莘莘学子追逐梦想并改变命运的故事，生动诠释了"安得广厦千万间，大庇天下寒士俱欢颜"的教育大爱情怀，通过乡村教育 20 年的发展变迁，深刻反映了新时代铜仁山乡巨变和农村经济蓬勃发展的历史性成就，对铜仁弘扬教育家精神、促进教育高质量发展、推进乡村振兴具有重要意义。

　　电视剧《春风化雨》在东方卫视、北京卫视、腾讯视频、芒果 TV、爱奇艺播出后，得到观众广泛好评，截至 2024 年 9 月 10 日，获得新华社、《人民日报》《光明日报》《文汇报》等主流媒体点赞，全网曝光量达 4.63 亿次，东方卫视 CSM35 城收视率多次获得省级卫视第一，北京卫视收视率名列前茅。

　　该剧由铜仁教育培养的学生担任编剧，剧中台词大量采用铜仁方言，把神奇的梵净山、古色古香的中南门古城、"最不像桥"的兴市桥、原始生态的天生桥等铜仁好山好水好生态推介给了全国人民，让更多观众认识铜仁、走进铜仁、爱上铜仁，为绿色铜仁现代化建设注入了强劲动力。

　　梵山净水在铜仁。我们热忱欢迎剧组常回铜仁采风、创作、拍摄，领略"黔中各郡邑，独美于铜仁"的自然风光和人文风情，推出更多讲述铜仁故事、展现铜仁之美的影视佳作。

　　祝剧组全体演职人员：身体健康！万事如意！

中共铜仁市委　铜仁市人民政府

2024 年 9 月 10 日